O POÇO E O PÊNDULO
e outros contos

EDGAR ALLAN POE

O POÇO E O PÊNDULO
e outros contos

Tradução Adriana Buzzetti

Brasil, 2021

Lafonte

Título original – *The Pit and the Pendulum*
Copyright da tradução © Editora Lafonte Ltda. 2020

Todos os direitos reservados.
Nenhuma parte deste livro pode ser reproduzida por quaisquer meios existentes sem autorização por escrito dos editores e detentores dos direitos.

Direção Editorial *Ethel Santaella*

REALIZAÇÃO

GrandeUrsa Comunicação

Direção *Denise Gianoglio*
Tradução *Adriana Buzzetti*
Revisão *Paulo Kaiser*
Capa, Projeto Gráfico e Diagramação *Idée Arte e Comunicação*
Ilustrações *Harry Clarke*

```
Dados Internacionais de Catalogação na Publicação (CIP)
         (Câmara Brasileira do Livro, SP, Brasil)

   Poe, Edgar Allan, 1809-1849
      O poço e o pêndulo e outros contos / Edgar Allan
   Poe ; tradução Adriana Buzzetti. -- São Paulo, SP :
   Lafonte, 2021.

      Título original: The pit and the pendulum
      ISBN 978-65-5870-156-9

      1. Contos de terror - Literatura norte-americana
   2. Contos norte-americanos 3. Ficção policial e de
   mistério (Literatura norte-americana) I. Título.

   21-76839                                    CDD-813
```

Índices para catálogo sistemático:

1. Contos : Literatura norte-americana   813

Eliete Marques da Silva - Bibliotecária - CRB-8/9380

Editora Lafonte
Av. Profª Ida Kolb, 551, Casa Verde, CEP 02518-000, São Paulo-SP, Brasil – Tel.: (+55) 11 3855-2100
Atendimento ao leitor (+55) 11 3855-2216 / 11 3855-2213 – atendimento@editoralafonte.com.br
Venda de livros avulsos (+55) 11 3855-2216 – vendas@editoralafonte.com.br
Venda de livros no atacado (+55) 11 3855-2275 – atacado@escala.com.br

SUMÁRIO

7	MORELLA
21	BERENICE
39	LIGEIA
69	A QUEDA DA CASA DE USHER
107	A MÁSCARA DA MORTE ESCARLATE
119	O POÇO E O PÊNDULO
149	O CORAÇÃO DENUNCIADOR

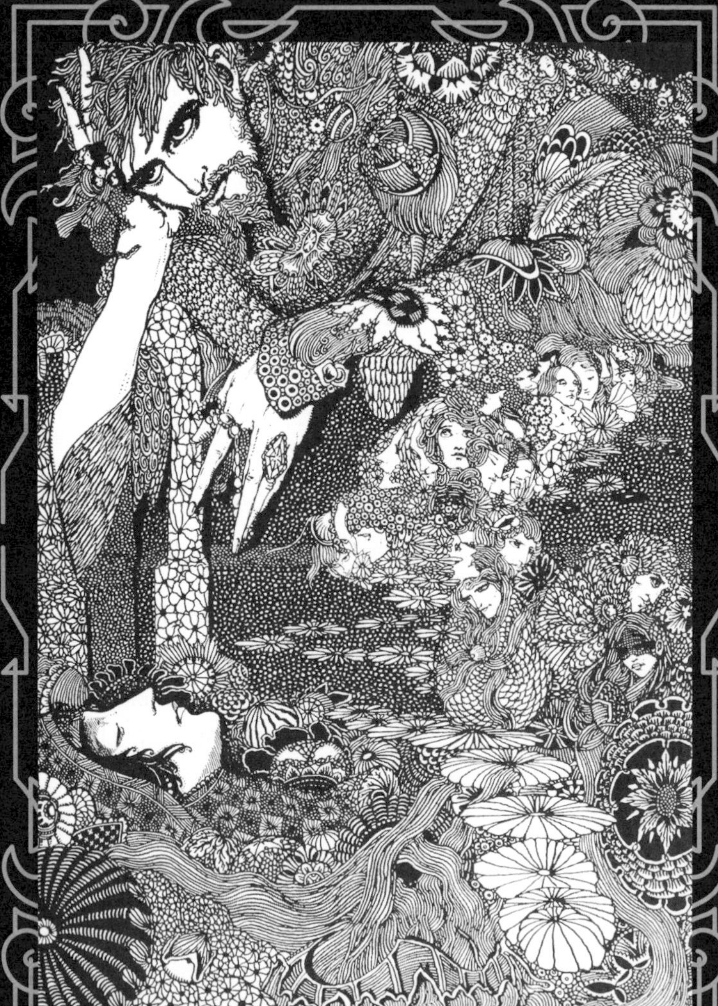

MORELLA

O mesmo, por si mesmo, consigo mesmo, eterno, único.

Platão

Era com um sentimento profundo, embora bastante singular, de afeição que eu considerava minha amiga Morella. Jogada por acidente em sua vida social muitos anos atrás, minha alma, desde nosso primeiro encontro, queimava com chamas que jamais houvera conhecido; não eram chamas de Eros, mas amarga e atormentadora para minha alma era a convicção gradual de que eu não seria capaz de definir suas intenções incomuns ou controlar sua vaga intensidade. Mas nos conhecemos, e o destino nos uniu no altar, e eu nunca falei de paixão nem pensei em amor. Ela, por outro lado, evitava a vida social e, se apegando a mim unicamente, se mantinha feliz. É uma felicidade imaginar; uma felicidade sonhar.

A erudição de Morella era profunda. Posso assegurar que seus talentos não eram de ordem comum – os poderes de sua mente eram gigantescos. Eu senti isso e, de muitas formas, me tornei seu pupilo. Logo, no entanto, percebi que, talvez, devido à sua educação em Pressburgo[1], ela me colocou em contato com inúmeros escritos místicos que são normalmente considerados um simples subproduto da primitiva literatura alemã. Eles eram, por uma razão que eu não poderia imaginar, seu estudo preferido e constante – e o fato de que com o tempo eles se tornaram meus também deveria ser atribuído à simples, porém eficaz, influência do hábito e do exemplo.

Isso tudo, se não estou errado, pouco teve a ver com o meu propósito. Minhas convicções, se não me engano, não foram de forma alguma influenciadas pelo ideal, nem foi nenhuma noção do misticismo que eu descobri pela leitura,

---

1 Antigo nome de Bratislava, capital da Eslováquia.

a menos que eu esteja redondamente enganado, tanto em meus atos como em meus pensamentos. Convencido disso, me abandonei tacitamente aos ensinamentos de minha esposa, e adentrei os meandros de seus estudos com o coração resoluto. E então – então quando debruçado e absorto sobre páginas proibidas, sentia um espírito proibido inflamando-se dentro de mim – Morella colocaria sua mão fria sobre a minha e recolheria das cinzas de uma filosofia morta algumas palavras especiais em tom baixo, cujos estranhos significados queimariam em minha memória. E então, hora após hora, eu permaneceria ao seu lado e estenderia a música de sua voz até que, por fim, sua melodia estivesse tingida de terror e caísse uma sombra sobre minha alma, e eu ficasse pálido e estremecesse por dentro àqueles sons sobrenaturais. E, dessa forma, a alegria de repente dava lugar ao horror, e o mais bonito se tornava o mais hediondo, assim como Hinom se tornou Geena[2].

Faz-se desnecessário afirmar a exata natureza daqueles estudos que, ultrapassando os volumes que mencionei, formaram, por muito tempo, quase a totalidade de assuntos de que Morella e eu tratávamos em nossas conversas. Pelo aprendido no que pode ser denominado como morali-

---

2 Vale em torno da antiga cidade de Jerusalém. No Antigo Testamento, é referido como Bem-Enom, ou Vale dos Filhos de Hinom.

dade teológica eles serão prontamente concebidos, e pelo não-aprendido eles seriam, de qualquer forma, pouco compreendidos. O panteísmo selvagem de Fichte[3]; a palingenesia modificada dos pitagóricos; e, acima de tudo, as doutrinas de identidade exortadas por Schelling[4], eram geralmente os pontos de discussão apresentando a mais alta beleza para a imaginativa Morella.

Aquela identidade que é denominada pessoal, Mr. Locke[5] define, em minha opinião com exatidão, na permanência do ser racional. E como por "pessoa" entendemos uma essência inteligente capaz de raciocinar, e como há uma consciência que sempre acompanha o pensamento, é isso que nos torna o que podemos chamar de "nós", assim distinguindo-nos de outros seres pensantes, e concedendo-nos nossa identidade pessoal. Mas o *principium individuationis*[6], a noção de que aquela identidade que na morte é ou não perdida para sempre, era para mim, o tempo todo, uma consideração de interesse intenso; não mais da desconcertante e excitante natureza de suas consequências do que da visível e agitada maneira com

---

3 Johann Gottlieb Fichte, filósofo alemão, nascido no século XVIII, cuja obra é considerada a ponte entre as ideias de Kant e Hegel.
4 Friedrich Wilhelm Joseph von Schelling, filósofo alemão do século XVIII, um dos principais representantes do idealismo alemão.
5 John Locke, filósofo inglês do século XVIII, considerado o "pai do liberalismo".
6 Em latim, o princípio da individuação, que estabelece como uma coisa é identificada como distinta das outras.

que Morella as mencionava. Mas, de fato, chegou o tempo em que o mistério do comportamento de minha esposa me oprimia como um feitiço. Eu não conseguia mais suportar o toque de seus dedos frágeis, nem o tom baixo de sua linguagem musical, nem o brilho de seus melancólicos olhos. E ela sabia de tudo isso, mas não me censurava; ela parecia consciente da minha fraqueza e minha tolice, e, sorrindo, chamava isso de destino. Ela também parecia consciente de uma causa, para mim desconhecida, para o gradual distanciamento do meu apreço; mas ela não me deu nenhum sinal ou prova de sua natureza. Todavia, ela não passava de uma mulher que definhava dia a dia. Como o tempo, a mancha carmesim se estabeleceu firmemente no rosto e as veias azuis na pálida testa se tornaram proeminentes; em um instante me derreti em pesar, mas na sequência me deparei com seu expressivo olhar, e então minha alma adoeceu e ficou tonta com a vertigem de alguém que olha para baixo e vê um abismo sombrio e imprevisível.

Devo dizer que eu ansiava com um desejo sincero e dilacerante pelo momento que Morella falecesse? Eu ansiava; mas o espírito frágil se apegou a seu invólucro mundano por muitos dias, muitas semanas e fatigantes meses ainda, até que meus nervos atormentados dominaram minha mente e me tornei furioso com a demora, e, com o coração de um espírito maligno, amaldiçoei os dias e as horas e os momentos

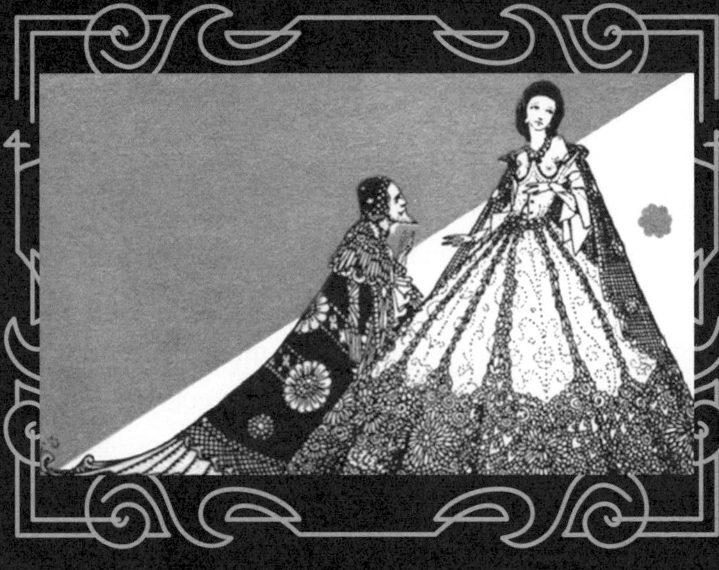

amargos, que pareciam se alongar mais e mais conforme sua delicada vida se deteriorava, como sombras no cair do dia.

Mas em um entardecer de outono, quando os ventos ainda estavam no céu, Morella me chamou ao lado de sua cama. Havia uma névoa sombria por sobre toda a terra e um brilho morno sobre as águas, e no meio de ricas folhas de outono na floresta, do firmamento caía um arco-íris.

— Esse é um dia de muitos – ela disse quando me aproximei –, um dia de muitos dias tanto para viver quanto para morrer. É um belo dia para os filhos da terra e da vida – ah, mais belo ainda para as filhas do céu e da morte.

Beijei sua testa e ela prosseguiu:

— Estou morrendo, mesmo assim devo viver.

— Morella!

— Nunca houve dias em que me amaste – mas aquela que em vida detestaste, na morte adorarás.

— Morella!

— Repito, estou morrendo. Mas dentro de mim há um compromisso daquele afeto – que pequeno! – que sentiste por mim, Morella. E quando minha alma partir, o filho viverá, teu filho e meu filho, de Morella. Mas teus dias serão de tristeza. Aquela tristeza que é a mais duradoura das impressões, como o cipreste é a mais longeva das árvores. Pois os teus momentos de felicidade acabaram e a alegria não acontece duas vezes na vida, como as rosas de Pesto[7] duas vezes no ano. Não deves mais brincar de titã com o tempo, mas ignorar a murta e a videira, deves carregar contigo tua mortalha, assim como os muçulmanos em Meca.

— Morella! – gritei. – Morella! Como sabeis disso? – Mas ela virou o rosto sobre o travesseiro, um leve tremor veio de seus membros e assim ela morreu, e eu nunca mais ouvi sua voz.

No entanto, como ela previu, sua filha, a quem deu à luz ao morrer, que não respirou até sua mãe parar de respirar, sua filha, uma menina, viveu. E cresceu de forma estranha em físico e intelecto, e tinha perfeita semelhança com aquela que havia partido, e eu a amava com um amor mais fervoroso do que eu jamais acreditara ser possível sentir por qualquer habitante da terra.

Mas não tardou para que o paraíso desse afeto puro ficasse escuro, soturno e o horror e a dor ali pairassem como nuvens. Eu disse que a criança cresceu de forma estranha tanto em físico como em inteligência. Estranho, de fato, era o rápido aumento do tamanho de seu corpo, mas

---

7   Importante cidade na Magna Grécia, situada no sul da Itália, fundada no século VII a.C. Sua importância hoje se deve a um sítio arqueológico lá encontrado, e por isso declarada Patrimônio da Humanidade pela Unesco.

terrível, ó, terrível, eram os pensamentos tumultuosos que me rodeavam enquanto eu observava o desenvolvimento de sua mentalidade. Poderia ser de outra forma quando eu diariamente descobria nas concepções da criança os poderes e as faculdades de uma mulher adulta? Quando as lições de alguém experiente saíam dos lábios da infância? Ou quando a sabedoria ou as paixões da maturidade eu encontrava de hora em hora brilhando de seu olhar intenso e especulativo? Quando tudo isso se tornou evidente aos meus sentidos estupefatos, quando eu não podia mais esconder tudo isso da minha alma, nem desligar daquelas percepções que me faziam tremer, seria de admirar que à luz dessas suspeitas, de uma natureza temerosa e excitante, rastejava pela minha alma, ou que meus pensamentos recorriam horrorizados às histórias selvagens e teorias fantásticas da sepultada Morella? Eu arranquei do escrutínio do mundo um ser que o destino me compeliu a adorar, e no rigoroso isolamento do meu lar, observei com uma ansiedade agonizante tudo que se relacionava à amada.

Conforme os anos foram passando, e eu olhava para seu rosto sagrado, tranquilo e eloquente e examinava seu amadurecimento, dia após dia eu descobria novos pontos de semelhança entre a filha e a mãe, a melancólica e a morta. E hora a hora ficavam mais escuras essas sombras de similitude, e mais completas, mais definidas, mais desconcertantes e mais terrivelmente hediondas em seu aspecto. Pois o fato de seu sorriso ser como o de sua mãe eu podia suportar, mas eu estremecia à sua identidade perfeita demais; os olhos dela serem como os de Morella eu podia aguentar, mas eles também olhavam fundo dentro das profundezas da minha alma com a intensidade e a intenção atordoantes de Morella. E no contorno da testa e nos cachinhos do sedoso cabelo e nos frágeis dedos que nele se enterravam, e nos tons tristes de sua fala musical e, acima de tudo, nas frases e expressões da morte sobre os lábios da amada e viva, eu encontrei alimento para o pensamento e o horror, para um verme que não morreria.

Assim, passaram-se dois anos de sua vida, e minha filha permanecia sem um nome sobre a terra. "Minha filha" e "meu amor" eram as designações geralmente proferidas pelo afeto de um pai, e o rígido isolamento de seus dias inviabilizava todas as outras relações. O nome de Morella morreu com ela. Nunca falei da mãe com a filha, era impossível. De fato, durante o breve período de sua existência, ela não recebeu nenhuma impressão do mundo exterior, com exceção dos que podem ter sido propiciados pelos estreitos limites de sua privacidade. Mas ao final a cerimônia de batismo apresentou à minha mente, em sua esmorecida e agitada condição, uma libertação dos terrores do meu destino. E na pia batismal hesitei por um nome. E muitos títulos de sábias e belas, dos antigos e modernos tempos, da minha terra e de terras estrangeiras, estavam na ponta da língua, com muitos, muitos belos títulos das mais doces e felizes e boas. O que me levou, então, a perturbar a memória da morta enterrada? Que demônio me incitou a expelir aquele som, que em sua maior recordação fazia refluir torrentes de sangue púrpuro das têmporas para o coração? Que espírito maligno falou das profundezas da minha alma, quando em meio àqueles sombrios corredores, no silêncio da noite, eu sussurrei nos ouvidos dos homens sagrados as sílabas – Morella? O que além de um demônio convulsionaria as características de uma criança e as espalharia com os matizes da morte, começando daquele som minimamente audível, ela virou seus olhos vítreos da terra para o céu, e caindo prostrada nas placas negras de nossos túmulos ancestrais respondeu:

— Estou aqui!

Distinta, friamente, calmamente distinta, aquelas simples e poucas palavras se abateram sobre meus ouvidos e como chumbo derretido rolaram sibilantes para dentro do meu cérebro. Anos, anos podem se passar, mas a memória daquela época, nunca. Não era eu ignorante das flores e das videiras – mas a cicuta e o cipreste me ofuscavam noite e dia. E não mantive nenhum cômputo de tempo e lugar, e as estrelas de meu destino sumiram do céu, portanto, a terra ficou escura e seus vultos passaram por mim como sombras esvoaçantes, e entre elas, eu contemplei somente uma – Morella! Os ventos do firmamento sopravam apenas um som dos meus ouvidos, e as ondas do mar murmuraram para sempre – Morella. Mas ela morreu; e com minhas próprias mãos a carreguei para o túmulo. Eu ri longa e amargamente, pois não encontrei vestígio algum da primeira no túmulo onde depositei a segunda Morella.

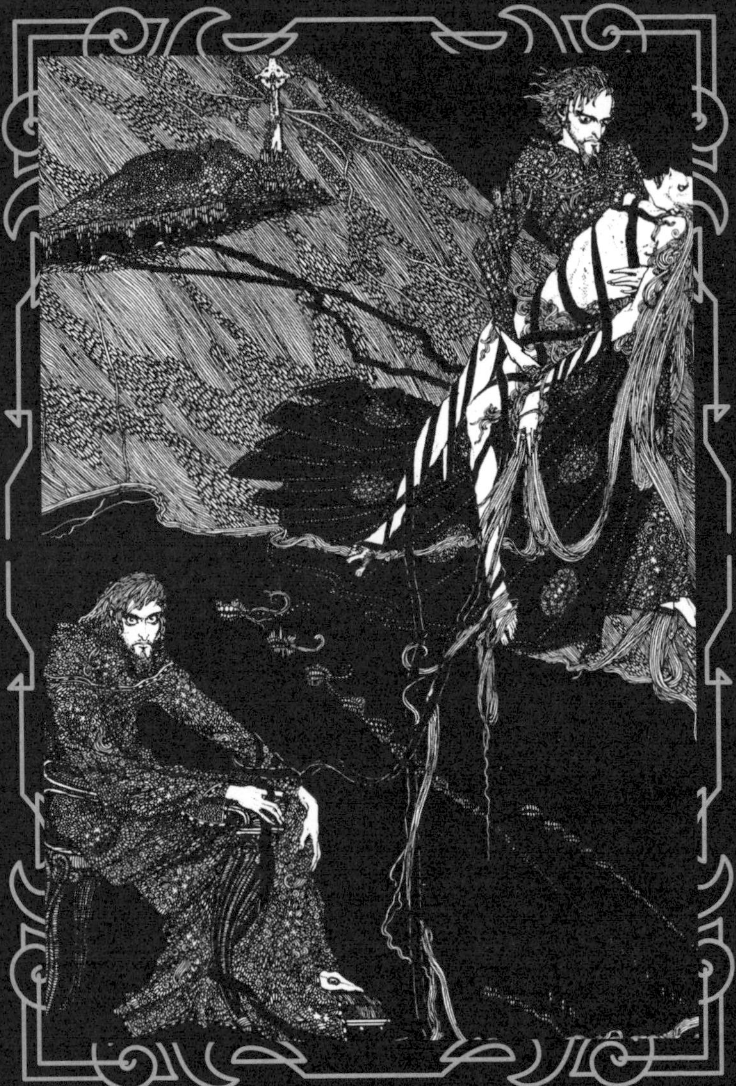

BERENICE

Meus companheiros me disseram que, se eu visitasse o túmulo de minha amiga, eu talvez atenuasse minhas inquietações.

Ebn Zaiat [8]

    A miséria tem muitas faces. O infortúnio da terra é multiforme. Sobrepujando o vasto horizonte como um arco-íris,

---

8   De identificação controversa, alguns estudiosos relatam que Ebn Zaiat foi um político e poeta ocasional, e outros que ele foi um gramático, que pode ter vivido entre os séculos II e III d.C.

suas cores são tão variadas como as cores daquele arco – tão nítidas também, embora intimamente misturadas. Sobrepujando o vasto horizonte como um arco-íris! Como que da beleza eu consegui extrair um tipo de deformidade? Do pacto de paz, um símile de tristeza? Mas como, na ética, o mal é uma consequência do bem, então, de fato, da alegria é que nasce a tristeza. Ou a lembrança de euforias passadas é a angústia de hoje, ou as agonias de agora têm suas origens nos êxtases que já passaram.

Meu nome de batismo é Egeu; o da minha família não mencionarei. Embora não haja torres sobre a terra mais respeitadas do que meus salões sombrios, cinzentos e hereditários. Nossa linhagem foi chamada de raça de visionários; e em muitos detalhes marcantes, no caráter da mansão da família, nos afrescos do salão principal, nas cortinas dos aposentos, no talhado de alguns pilares na armaria, mas mais especialmente na galeria de pinturas antigas, na forma da biblioteca e, finalmente, na natureza muito peculiar do conteúdo da biblioteca – há mais do que suficiente prova para garantir a crença.

As recordações dos meus primeiros anos estão ligadas àquele compartimento e com seus volumes – sobre os quais não direi mais nada. Aqui morreu minha mãe. Aqui eu nasci. Mas é mera ociosidade dizer que eu não havia vivido antes – que a alma não tem existência prévia. Consegue negar? Não discutamos sobre isso. Após convencer a mim mesmo, não tenho mais intenção de convencer ninguém. Há, no entanto, a lembrança de formas aéreas – de olhos espirituais e expressivos – de sons, musicais embora tristes – uma lembrança que não será excluída; uma memória tal qual uma sombra – vaga, variável, indefinida, instável; e como uma sombra, também, será impossível me livrar dela enquanto a luz da minha razão existir.

Naquele quarto eu nasci. Assim, acordando da longa noite que pareceu, mas não era, insignificante, para a exata região de uma terra encantada – um palácio de imaginação – para os selvagens domínios de pensamento monástico e erudição – não seria notável que eu olhasse em minha volta com um olhar intenso e alarmado – que eu tivesse desperdiçado minha juventude em livros e a esbanjado em devaneios. Mas foi notável que ao passar dos anos, o ápice da masculinidade me encontrou ainda na mansão da minha família – é admirável qual estagnação recaiu sobre as primaveras da minha vida; admirável como uma inversão total aconteceu no caráter do meu mais comum pensamento. As realidades do mundo me afetaram como visões, e como visões apenas, enquanto as loucas ideias de uma terra de sonhos se tornaram, por sua vez, não a materialidade da minha existência cotidiana, mas na verdade, essa existência completa e exclusiva.

****

Berenice e eu éramos primos. E juntos crescemos nos salões do meu pai. No entanto, crescemos de forma diferente – eu, com a saúde debilitada e afundado em depressão, e ela, ágil, graciosa e transbordando energia; ela perambulava pelos morros; eu estudava na clausura; enquanto eu vivia dentro de meu próprio coração, viciado, de corpo e alma, na mais intensa e dolorosa meditação, ela passeava despreocupadamente pela vida, sem nenhum pensamento das sombras em seu caminho, nem sinal algum do voo das horas de asas negras. Berenice! – eu chamo seu nome –, Berenice! E das cinzentas ruínas da memória mil lembranças tumultuosas são surpreendidas ao som! Ah, vívida é sua imagem diante de mim agora, como nos dias iniciais de sua leveza e alegria! Ó, beleza estonteante e fantástica! Ó, silfo em meio aos arbustos de Arnheim! Ó, Náiade[9] em meio às suas fontes! E então – então tudo é mistério e terror, parte de uma história que não deveria ser contada. Doença – uma doença fatal, se abateu sobre ela como o Simun[10]; e mesmo enquanto eu a observava, o espírito da mudança varreu sua face, se impregnando em sua mente, seus hábitos, sua personalidade, da maneira mais sutil e terrível, perturbando até a identidade da pessoa! Ai de mim! O destruidor chegou e

---

9 Na mitologia grega, ninfa com aparência de sereia que tem o dom da cura e da profecia e controla e protege as águas.
10 Vento quente que sopra do centro da África para o norte, podendo provocar grandes tempestades de areia.

saiu! E a vítima – onde está ela? Eu não a conhecia. Eu não a reconhecia mais como Berenice.

Entre as inúmeras correntes de doenças supergeradas por aquela fatal e básica que causou uma revolução tão horrível no moral e no físico de minha prima, deve ser mencionada como a mais angustiante e obstinada em sua natureza, uma espécie de epilepsia não raro terminando em transe – transe que se assemelha muito de perto a uma ruptura favorável, e da qual sua maneira de se recuperar era na maioria das vezes surpreendentemente abrupta. Nesse meio-tempo, a minha própria doença – pois me foi dito que não deveria chamar de outra coisa –, minha própria doença, então, se desenvolvia rapidamente em mim e assumiu uma natureza monomaníaca de uma forma nova e extraordinária – ganhando vigor hora a hora – e finalmente obtendo sobre mim a mais inconcebível supremacia. Essa monomania, se assim devo chamá-la, consistia em uma mórbida irritabilidade daquelas propriedades da mente na ciência metafísica chamada de "alerta". É mais do que provável que eu não seja compreendido; mas eu temo, de fato, que não seja possível de forma alguma dar uma noção ao simples leitor daquela nervosa intensidade de interesses, com a qual, no meu caso, os poderes da meditação (para não falar tecnicamente) se ocuparam e se enterraram, na contemplação mesmo dos mais comuns objetos do universo.

Meditar por longas horas incansáveis, com minha atenção concentrada em algum dispositivo frívolo à margem, ou na tipografia de um livro; me deixar absorver, para a melhor parte de um dia de verão, numa sombra peculiar caindo obliquamente sobre a tapeçaria ou sobre o chão; me perder, por uma noite inteira, observando a insistente chama de uma lamparina ou as brasas de uma fogueira; sonhar dias inteiros sobre o perfume de uma flor; repetir monotonamente, alguma palavra comum, até o seu som, por força da frequente repetição, parasse de transmitir qualquer ideia à mente; perder todo o senso de mobilidade ou existência física, por meio de longa quietude corporal absoluta com obstinada perseverança: tais eram os mais comuns e menos perniciosos caprichos induzidos por certa condição das faculdades mentais, não, de fato, completamente inigualáveis, mas certamente ordenando provocação a qualquer tentativa de análise ou explicação. Mas não me deixe ser mal interpretado. A atenção indevida, sincera e mórbida, assim suscitada por objetos frívolos em sua própria natureza, não deve ser confundida em atributos com aquela propensão ruminante e comum a toda a humanidade, e mais especialmente aquiescidas por pessoas de imaginação ardente. Também não se tratava, como pode se pensar a princípio, de uma condição extrema, ou de exagerada propensão, mas principalmente e essencialmente distinta e diferente. Por um lado, o sonhador ou entusiasta se interessando por um objeto não comumente frívolo, sem perceber, perde esse objeto de vista numa vastidão de deduções e sugestões que vão dali surgindo até que ao final de um dia de sonhos, frequentemente repleto de luxúria, ele descobre que o *incitamentum*[11], ou a causa primeira de suas meditações, desapareceu completamente e está esquecido. No meu caso, o objeto principal era invariavelmente frívolo, embora assuma, por meio da minha visão perturbada, uma importância retraída e irreal. Poucas deduções, se houve alguma, foram feitas; e essas poucas persistentemente retornam sobre o objeto original como um centro. As meditações nunca eram prazerosas e, ao final do devaneio, a causa primeira, longe de estar fora de visão, havia atingido o interesse supernaturalmente exagerado que era a característica predominante da doença. Em uma palavra, os poderes da mente mais particularmente exercidos eram, comigo, como já disse antes, o "alerta", e são, com os que sonham acordados, o "especulativo".

Meus livros, nessa época, se de fato não serviram para irritar a desordem, participaram largamente, será percebido, em sua natureza inconsequente e imaginativa, das qualidades características da desordem em si. Eu me lembro bem, entre outros, do tratado do nobre italiano Coelius Secundus

---

11 Em latim: "incentivo, estímulo, motivação".

Curio, *De Amplitudine Beati Regni Dei*; o grande trabalho de St. Austin, *The City of God*, de Tertuliano *A Carne de Cristo*, cuja frase paradoxal "*Mortus est Dei filius; credible est quia ineptum est: et sepultus ressurrexit; certum est quia impossibile est*"[12] ocupou meu tempo integral por muitas semanas de laboriosa e infrutífera investigação.

    Assim, parecerá que, abalada de seu equilíbrio apenas por coisas triviais, minha sanidade guardava semelhança com aquele penhasco marítimo de que falava Ptolomeu Hefestião, que bravamente resistia aos ataques da violência humana e da fúria mais feroz das águas e dos ventos, tremeu apenas ao toque de uma flor chamada asfódelo. E embora, para um pensador mais descuidado, possa parecer uma questão por trás da dúvida, que a alteração produzida por sua triste moléstia, na condição moral de Berenice, me forneceria muitos objetos para o exercício daquela meditação intensa e anormal cuja natureza tive dificuldade em explicar, ainda que não fosse de forma alguma o caso. Nos intervalos lúcidos de minha enfermidade, sua calamidade, de fato, me causou dor, levando ao fundo do coração aqueles destroços completos de sua bela e doce vida, eu não comecei a ponderar, frequente e amargamente, sobre os surpreendentes meios pelos quais uma revolução tão estranha se concretizou

---

12 Em latim: "O filho de Deus está morto; isso é incrível porque é um absurdo: o enterrado ressuscitou; isso é certo porque é impossível".

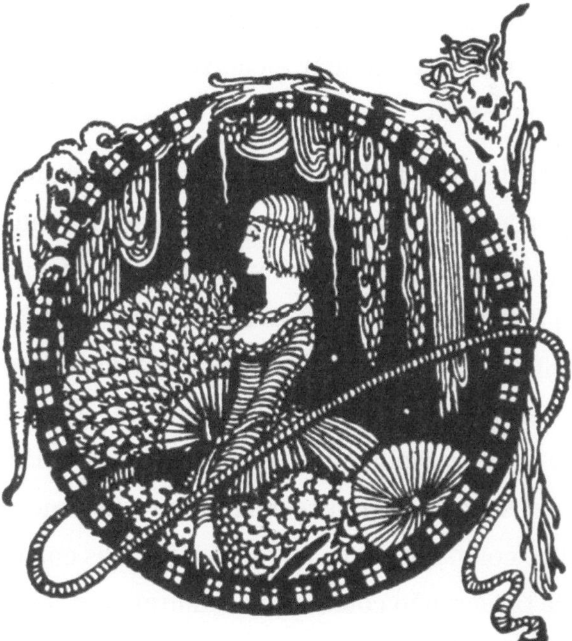

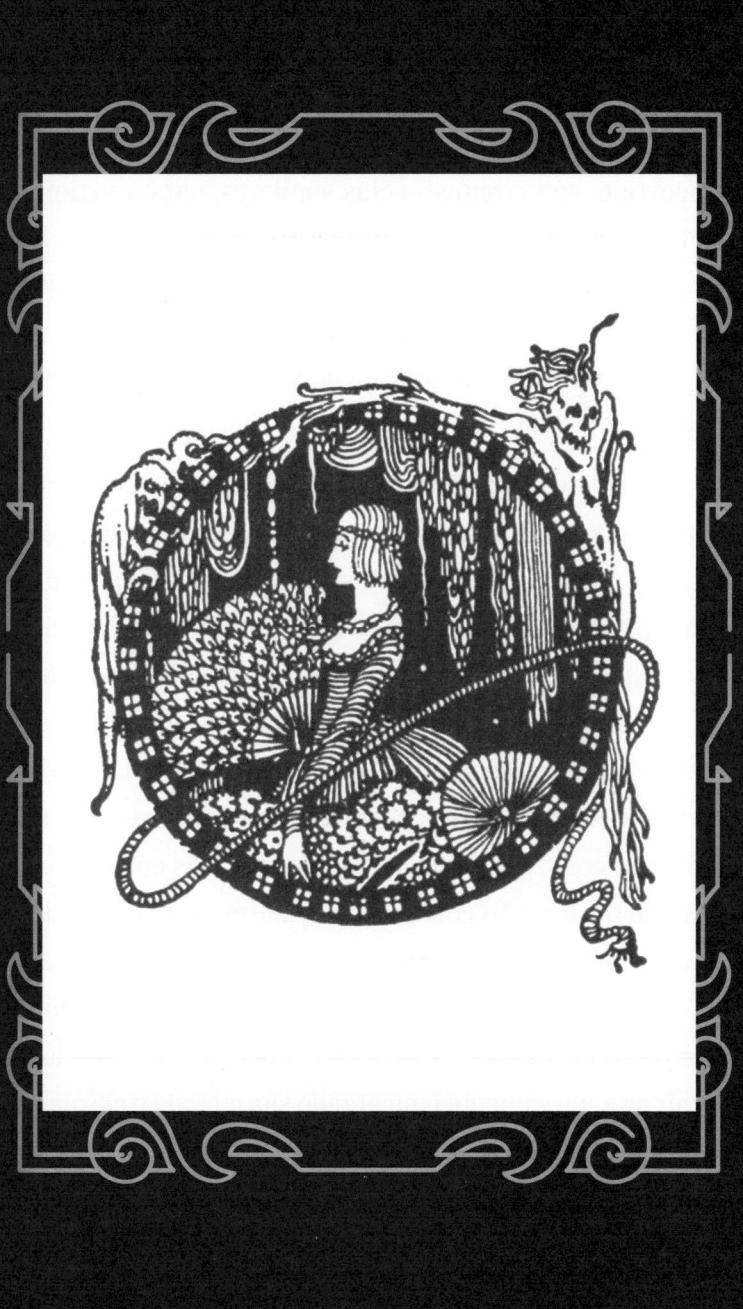

tão de repente. Mas essas reflexões não fizeram parte das idiossincrasias da minha doença, e eram tais como deveriam ter ocorrido, sob circunstâncias similares, para a maioria comum da humanidade. Fiel às suas características, minha desordem regozijava-se nas menos importantes, mas mais surpreendentes mudanças forjadas na estrutura física de Berenice – na mais singular e chocante distorção de sua identidade pessoal.

Durante os mais iluminados dias de sua incomparável beleza, certamente eu nunca a amei. Na estranha anomalia da minha existência, sentimentos nunca foram do coração, e minhas paixões foram sempre da mente. Através do cinzento do amanhecer, em meio às sombras treliçadas do meio-dia, e no silêncio da minha biblioteca à noite, ela havia passado pelos meus olhos rapidamente e eu a havia visto não como a vivaz e suspirante Berenice, mas como a Berenice de um sonho; não como um ser da terra, terrena, mas como a abstração de tal ser; não como algo a admirar, mas a analisar; não como um objeto de amor, mas como o tema da mais obscura embora incoerente especulação. E agora – agora eu estremeci à sua presença, e empalideci à sua aproximação; ainda amargamente lamentando sua afetada e assolada condição, eu me lembrei que ela me amou por muito tempo, e num momento cruel, eu falei com ela sobre casamento.

E, finalmente, a data das nossas núpcias se aproximava,

quando numa tarde de inverno – um daqueles dias quentes, calmos e enevoados que são a alma da bela Alcione[13] – eu me sentei, sozinho, na parte interna da biblioteca. Mas ao levantar os olhos, vi que Berenice estava em pé bem diante de mim.

Era minha imaginação fértil, ou efeito da atmosfera enevoada, ou o crepúsculo instável da sala em que estávamos, ou as cortinas acinzentadas que circundavam sua imagem que causou nela um contorno tão instável e indistinto? Eu não saberia dizer. Ela não disse uma palavra. E eu – por nada no mundo poderia ter proferido uma sílaba. Um arrepio gélido percorreu meu corpo; uma sensação de insuportável ansiedade me oprimiu; uma curiosidade desgastante penetrou minha alma; e me afundando na cadeira, permanecei por algum tempo sem respirar e sem me mexer com meus olhos fixos nela. Ai! Sua magreza era excessiva, e nem um único vestígio do antigo ser se espreitava em uma única linha do seu contorno. Meus olhares urgentes, por fim, recaíram sobre a face. A cabeça estava erguida, muita pálida, e singularmente plácida; os cabelos, outrora irregulares, caíam parcialmente sobre a cabeça e ofuscavam as têmporas côncavas com inúmeros cachos, agora de um amarelo vívido e discordantemente chocante, em suas fantásticas

---

13 Na mitologia grega, Alcione e seu marido, Ceix, provocaram a ira do deus Zeus ao se chamarem de Zeus e Hera na intimidade. Zeus os puniu transformando-os em pássaros.

características, com um rosto onde reina a melancolia. Os olhos eram inertes e sem brilho, pareciam nem ter as pupilas, e eu me encolhi involuntariamente contemplando seu olhar vítreo e os finos e encolhidos lábios. Eles se abriram e num sorriso de significado peculiar, os dentes da mudada Berenice se revelaram vagarosamente para mim. Quisera Deus que eu nunca os tivesse contemplado ou, ao tê-lo feito, que tivesse morrido!

****

O fechar da porta me perturbou e, olhando para cima, descobri que minha prima havia deixado o recinto. Ah, mas não havia deixado o recinto desordenado que era minha mente – e nem seria retirado o alvo e sinistro espectro dos dentes. Nem uma mancha em suas superfícies. Nem uma sombra nos seus esmaltes. Nem uma depressão em suas beiradas. Mas o que a duração daquele sorriso foi capaz de gravar na minha memória! Eu os via agora muito mais inequivocamente do que quando os observava então. Os dentes! Os dentes! Eles estavam aqui, e lá, e em toda parte, visíveis e palpáveis diante de mim; longos e finos e excessivamente brancos, com os pálidos lábios retorcendo-se sobre eles, como se fosse o exato momento de seu primeiro terrível desenvolvimento. Então veio a fúria completa da minha monomania e eu lutei em vão contra sua estranha e irresistível influência. Nos múltiplos objetos do mundo externo eu não conseguia ter nenhum pensamento que não fosse sobre os dentes. Por eles eu desejei com um desejo frenético. Todos os outros assuntos e todos os diferentes interesses foram absorvidos em sua contemplação única. Eles – eles sozinhos estavam presentes na visão mental, e eles, em sua individualidade, tornaram-se a essência da minha vida mental. Eu os retinha em cada luz. Eu os converti em cada atitude. Eu supervisionei suas características. Eu me debrucei sobre suas peculiaridades. Eu ponderei sobre sua configuração. Eu meditei sobre a alteração em sua natureza. Eu estremeci ao lhe atribuir em imaginação um poder delicado e sensível, e mesmo quando desamparados pelos lábios, uma capacidade de expressão moral. Sobre a senhorita Salle bem foi dito: "*Que tous ses pas etaient des sentiments*"[14] e sobre Berenice eu acreditava mais seriamente *que tous ses dents etaient des idées. Des idées!*[15] Eis a ideia absurda que me destruiu! *Des idées*! Ah, assim, eu os cobiçava tão loucamente! Eu sentia que os possuir iria me restaurar a paz ao me trazer de volta à razão.

E o entardecer se abateu sobre mim, e então a escuridão veio, desmoronou e se foi. O dia amanheceu de novo, e as né-

---

14 Em francês: "Que todos os seus passos eram sentimentos".
15 Em francês: "Que os seus dentes eram ideias. Ideias!".

voas de uma segunda noite estavam agora se formando, e eu ainda me sentava estático naquele recinto solitário; eu ainda estava afundado em pensamentos; e ainda o fantasma dos dentes exercia sua terrível supremacia, com uma distinção vívida mais hedionda, flutuava por entre as luzes e sombras que mudavam no recinto. Finalmente, em meio a meus sonhos houve um grito de horror e consternação, e em razão disso, depois de uma pausa, sucedeu o som de vozes perturbadas misturadas com muitos de gemidos baixos de tristeza e de dor. Me levantei de minha poltrona e arreganhando as portas da biblioteca, eu vi uma criada aos prantos em pé diante de antessala, que me disse que Berenice já não estava mais entre nós! Ela havia sido tomada pela epilepsia cedo naquela manhã. E agora, ao cair da noite, o túmulo estava pronto para sua nova moradora, e todos os preparativos para o enterro tinham sido realizados.

****

Eu me encontrava sentado na biblioteca e, mais uma vez, sozinho. Parecia que havia acabado de acordar de um sonho confuso e emocionante. Eu sabia que era meia-noite e estava perfeitamente ciente de que desde o pôr-do-sol Berenice estava enterrada. Mas daquele tempo sombrio que decorreu eu não tinha um entendimento positivo, nem ao menos definido. Embora sua lembrança fosse repleta de horror – horror mais horrível do fato de ser vaga, e terror mais terrível por ser ambígua. Foi uma página assustadora no registro da minha existência, toda escrita com recordações sombrias, hediondas e ininteligíveis. Eu lutei para decifrá-las, mas em vão; enquanto aqui e ali, como o espírito de um som que se foi, o estridente e contundente grito de uma voz feminina parecia soar em meus ouvidos. Eu havia conseguido uma façanha. Qual era mesmo? Me perguntei alto, e os ecos sussurrantes do cômodo me responderam:

— O que foi mesmo?

Na mesa ao lado havia uma lamparina e, perto dela, uma pequena caixa. Não tinha nenhuma característica específica, e eu a tinha visto ali muitas vezes antes, sobre minha mesa, então por que estremecia ao observá-la? Essas coisas não deveriam de forma alguma ser levadas em consideração, e meus olhos finalmente recaíram sobre as páginas abertas de um livro e uma frase lá sublinhada. As palavras eram as singulares, mas simples, palavras do poeta Ebn Zaiat: "*Dicebant mihi sodales si sepulchrum amicae visitarem, curas meas aliquantulum fore levatas*"[16]. Por que, então, enquanto eu as examinava os meus cabelos ficaram em pé e meu sangue

---

16 Em latim: "Meus companheiros me disseram que, se eu visitasse o túmulo de minha amiga, eu talvez atenuasse minhas inquietações".

congelou nas veias? Ouvi, então, uma leve batida na porta da biblioteca e, pálido como um morador de uma tumba, um criado entrou na ponta dos pés. Ele tinha uma aparência selvagem aterrorizada e falou comigo numa voz trêmula, rouca e muito baixa. O que ele disse? Algumas frases truncadas foi o que ouvi. Ele contou sobre um grito louco perturbando o silêncio da noite e pessoas se juntando em torno da casa à procura da origem daquele som; então seu tom se tornou incrivelmente distinto ao sussurrar sobre um túmulo violado, de um corpo velado desfigurado, ainda respirando e palpitante – ainda vivo!

    Ele apontou para minhas vestimentas; elas estavam enlameadas e com sangue coagulado. Eu não proferi palavra, e ele gentilmente me tomou a mão; ela estava chanfrada com a impressão de unhas humanas. Ele direcionou minha atenção para algum objeto sobre a parede. Eu o observei por alguns minutos: era uma pá. Com um grito, eu me apoiei sobre a mesa e peguei a caixa que estava sobre ela. Mas não consegui abri-la; e no meu tremor, ela escorregou de minhas mãos e caiu pesadamente, quebrando-se em pedaços; dela, como um som estridente, rolaram alguns instrumentos de cirurgia dentária misturados com trinta e dois pedaços brancos da cor do mármore que se espalharam por sobre o chão.

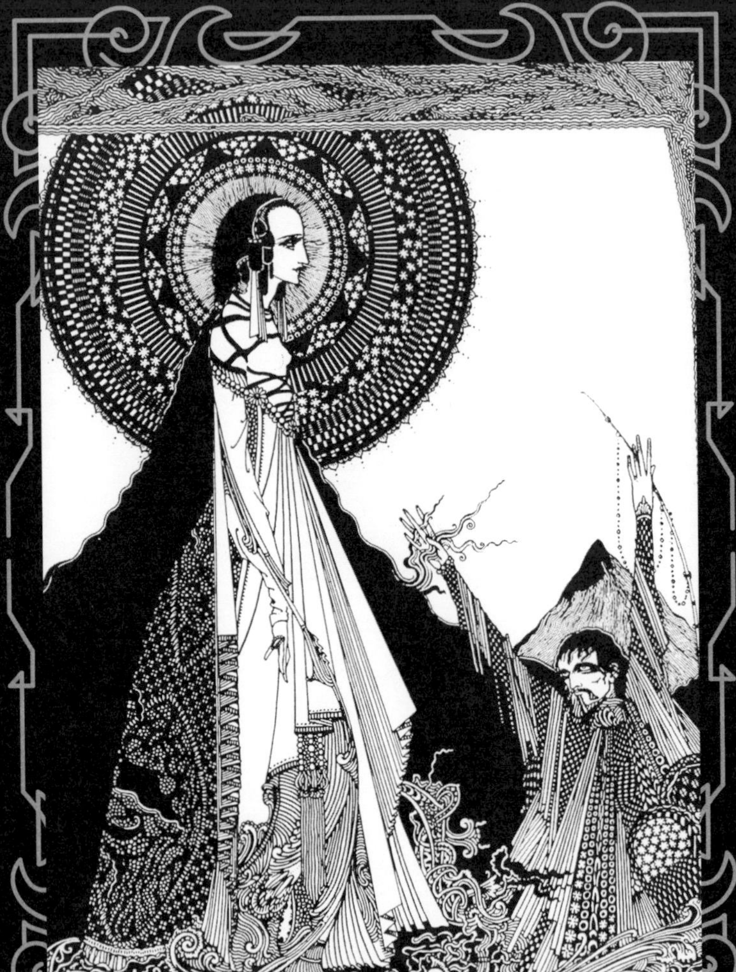

LIGEIA

Existe uma vontade e ela não morre. Quem conhece seus mistérios com seu vigor? Porque Deus é não mais que uma grande vontade permeando todas as coisas com a intensidade que lhe é natural. O homem não se rende aos anjos nem à morte senão pela fraqueza de sua frágil vontade.

Joseph Granvill[17]

---

17 Filósofo inglês do século XVII.

Pela minha alma, não consigo lembrar como, quando, nem mesmo precisamente onde, eu primeiro conheci *lady* Ligeia. Muitos anos se passaram desde então e minha memória se enfraqueceu de tanto sofrimento. Ou, talvez, eu não possa agora trazer esses detalhes à memória porque, na verdade, a qualidade da minha amada, sua rara erudição, sua singular ainda que plácida forma de beleza, a emocionante e fascinante eloquência de sua restrita linguagem musical, a conduziu ao meu coração num ritmo tão constante e furtivamente progressivo que eles passaram despercebidos. Eu ainda acredito que a encontrei mais frequentemente em alguma cidade grande, antiga e decadente próxima ao rio Reno. De sua família certamente a ouvi falar. Que foi em uma data bastante remota não há dúvida. Ligeia! Ligeia! Em estudos de uma natureza mais do que tudo adaptada a impressões acabadas do mundo exterior, é por aquela doce palavra sozinha – por Ligeia – que eu trago diante de meus olhos como uma ilusão a imagem daquela que já não é mais. E agora, enquanto eu escrevo, ocorro-me a recordação de que eu nunca soube seu nome de família, mesmo ela sendo minha amiga e noiva e tendo se tornado minha parceira de estudos e, finalmente, minha esposa do coração. Foi uma imposição divertida da parte de Ligeia? Ou era um teste da força da minha afeição que eu não deveria conduzir nenhuma investigação sobre isso? Ou era mesmo um capricho meu – uma oferta extremamente romântica no tempo da mais acalorada devoção? Não mais que indistintamente eu recordo o fato – é alguma surpresa que eu tenha me esquecido completamente das circunstâncias que originaram ou causaram isso? Mas, de fato, se alguma vez a pálida e dotada de asas sombrias Ashtophet[18], do idólatra Egito, presidiu, como dizem, bodas de tão mau presságio, com certeza foram as minhas. Há, no entanto, um assunto estimado, que minha memória não me deixa esquecer. É sobre a pessoa de Ligeia. Ela era alta, um tanto esguia e, em seus últimos dias, um pouco esquálida. Em vão, eu tentaria mostrar a majestade, a calma naturalidade, de sua conduta, ou a leveza inconcebível e a elasticidade de seu andar. Ela chegou e partiu como uma sombra. Nunca me conscientizei de sua entrada no meu escritório fechado, exceto pela música suave de sua voz doce e baixa, quando ela pousava sua mão de marfim sobre meu ombro. A beleza de sua face não podia ser igualada à de nenhuma outra moça. Era como a resplandescência de um sonho regado a ópio – uma visão que areja e eleva o espírito mais selvagemente divina do que as fantasias que pairam sobre as almas sonolentas das filhas de Delos[19]. Seus traços não seguiam um molde muito regular, que nos fora falsamente ensinado

---

18 Poe provavelmente se refere à falsa deusa Ashtoret, que tinha adoradores em Canaã e na Fenícia. Equivalente à deusa grega Afrodite e à romana Vênus, deusas do amor e da beleza.
19 Ilha do Mar Egeu, santuário do deus Apolo na Antiguidade Clássica.

a venerar nos trabalhos clássicos dos pagãos. "Não existe beleza tão primorosa", diz Bacon, barão de Verulamo[20], falando francamente de todas as formas e gêneros de beleza, sem estranhamento na proporção. Assim, embora eu tenha visto que as características de Ligeia não eram de uma regularidade clássica – apesar de sua graça ter sido de fato "primorosa", eu ter sentido que havia muito de estranhamento impregnado nela, eu tentei em vão detectar a irregularidade e traçar de volta à origem minha própria percepção do que é "estranho". Examinei o contorno da cabeça altiva e pálida – era impecável – que fria aquela palavra quando aplicada a uma majestade tão divina! A pela se equiparava ao mais puro marfim, o repouso e a extensão imponentes, a suave proeminência das regiões acima das têmporas; e então as tranças negras como o corvo, brilhantes, luxuriosas e naturalmente encaracoladas, estabelecendo a força completa do epíteto homérico, "tal como a flor do jacinto!". Olhei para os delicados contornos do nariz – e em nenhum outro lugar exceto nos medalhões dos Hebreus pude eu contemplar perfeição comparável. Havia a mesma glamourosa suavidade de superfície, a mesma raramente perceptível tendência a ser aquilino, as mesmas narinas harmoniosamente curvadas, deixando o espírito livre. Eu observei a doce boca. Esse era,

---

20 Francis Bacon, também conhecido como barão de Verulamo, filósofo inglês do século XVIII.

de fato, o verdadeiro triunfo de tudo que era angelical – a magnífica virada do curto lábio superior, a sua, voluptuosa dormência do inferior, as covinhas que se riam, e a cor que praticamente falava, os dentes inclinados para trás, com um brilho quase impressionante, cada raio de luz sagrada que cai sobre eles em seu sereno e plácido, até mesmo exultante e radiante de todos os sorrisos. Eu esquadrinhei a formação do queixo – e aqui também encontrei delicadeza na amplitude, a suavidade e a majestade, a plenitude a espiritualidade, dos gregos – o contorno que o deus Apolo revelou em um sonho a Cleômenes, o filho do ateniense. Por fim, perscrutei os grandes olhos de Ligeia.

Não havia similares na antiguidade mais remota. Pode ter sido, também, que nesses olhos da minha amada estivesse o segredo a que o barão de Verulamo alude. Eles eram, devo acreditar, bem maiores que os simples olhos de outros nossos semelhantes. Eles eram até mais abundantes que os mais abundantes olhos de gazela da tribo do vale de Nourjahad[21]. Ainda que fosse apenas entre intervalos – em momentos de intensa agitação – que essa peculiaridade se tornasse levemente percebível em Ligeia. Era em tais momentos que sua beleza – pelo menos assim parecia na minha acalorada fantasia –, a beleza de seres tanto acima ou à parte da terra

---

21 Poe provavelmente faz uma alusão à obra *The History of Nourjahad*, do escritor irlandês Frances Sharidan, do século XVIII.

– a beleza da fabulosa huri[22] turca. O tom de suas órbitas era o mais brilhantemente negro, e sobre eles pendiam cílios irregulares e compridos. As sobrancelhas, levemente desiguais em contorno, carregavam a mesma coloração. O "estranhamento", entretanto, que encontrei em seus olhos, era de uma natureza que não a da forma, ou da cor, ou do brilho das características, e deve, acima de tudo, se referir à expressão. Ah, palavra sem significado! Atrás de uma vasta latitude de mero som, reforçamos nossa tamanha ignorância do lado espiritual. A expressão dos olhos de Ligeia! Como os contemplei por tantas horas! Como, durante uma noite inteira de verão, eu lutei para os compreender! O que era – algo mais profundo que o poço de Demócrito[23] – que repousava entre as pupilas da minha amada? O que era isso? Eu estava possuído com uma paixão a descobrir. Aqueles olhos! Aquelas imensas, brilhantes e divinas órbitas! Para mim elas se tornaram as estrelas gêmeas de Leda[24], e eu para elas, o mais devoto dos astrólogos.

Não há aspecto, dentre as muitas anomalias incompreensíveis da ciência da mente, mais incrivelmente empolgante do que o fato – nunca, acredito eu, notado nas escolas – de que, nas nossas incursões para trazer à memória algo há

---

22 No Islamismo, é a virgem prometida aos bem-aventurados.
23 Filósofo pré-socrático da Grécia antiga.
24 Na mitologia grega, era rainha de Esparta, esposa de Tíndaro.

muito esquecido, sempre nos encontramos à beira da recordação, mesmo sem poder, no final, lembrar. E dessa forma, quão frequentemente, no meu intenso escrutínio dos olhos de Ligeia, me senti me aproximando de um conhecimento completo de sua expressão – sentia-o chegando – sem conseguir possuí-lo, e, no final, sumia. E (estranho, ó, mais estranho mistério de todos!) encontrei, nos objetos mais comuns do universo, um ciclo de analogias àquela expressão. O que quero dizer é que, logo após a beleza de Ligeia ter perpassado minha alma, fazendo lá morada como num templo, eu experimentei, de muitas vivências no mundo material, um sentimento tal como o que eu sentia sempre surgir em mim diante de seus olhos enormes e luminosos. Eu não conseguia definir aquele sentimento muito mais do que dessa forma, ou analisá-lo, ou mesmo firmemente visualizá-lo. Mas eu o reconhecia, deixe-me repetir, às vezes na pesquisa de uma videira crescendo rapidamente, na contemplação de uma mariposa, de uma borboleta, uma crisálida, um córrego. Eu o senti no oceano; na queda de um meteoro. Eu o senti nos olhares de pessoas incomumente envelhecidas. E há uma ou duas estrelas no céu (uma especialmente, uma estrela da sexta magnitude, dupla e mutável, encontrada perto da grande estrela em Lira[25]) num escrutínio telescópico que me

---

25 Constelação no Hemisfério Norte.

familiarizou com esse sentimento. Me deixei preencher de certos sons de instrumentos de corda, e não sem frequência por passagens de livros. Dentre inúmeros outros exemplos, eu me lembro de algo num volume de Joseph Glanvill, que (talvez simplesmente por sua peculiaridade, quem dirá?) nunca deixou de me inspirar com o sentimento: "Existe uma vontade e ela não morre. Quem conhece seus mistérios com seu vigor? Porque Deus é não mais que uma grande vontade permeando todas as coisas com a intensidade que lhe é natural. O homem não se rende aos anjos nem à morte senão pela fraqueza de sua frágil vontade".

O passar dos anos, e a subsequente reflexão, de fato me permitiram traçar uma conexão remota entre essa passagem no moralismo inglês e o temperamento de Ligeia. Uma intensidade de pensamento, ação ou fala era nela, possivelmente, o resultado, ou pelo menos um indício, daquela vontade gigantesca, durante nosso longo relacionamento, que falhou ao dar evidência maior de sua existência. De todas as mulheres que eu já conheci, ela, externamente calma, a sempre plácida Ligeia, era a presa mais fácil para os tumultuosos abutres de severa paixão. E de tal paixão eu não pude estabelecer nenhuma estimativa, exceto pela miraculosa expansão daqueles olhos que de uma vez deleitavam-me e chocavam-me – pela quase mágica melodia, modulação, distinção e placidez de sua muito baixa voz, e pela feroz energia (tornada duplamente eficaz pelo contraste com sua maneira de falar) das palavras ferozes com que ela habitualmente se comunicava.

Eu já falei da erudição de Ligeia. Era imensa. Como eu nunca havia visto em uma mulher. Nas línguas clássicas ela era profundamente proficiente, e até onde eu conheço os modernos dialetos da Europa, nunca a vi cometer nenhum erro. De fato, sobre qualquer assunto dos mais prezados, por serem simplesmente os mais tortuosos da ostentada erudição da academia, alguma vez a vi vacilar? Quão singular, quão emocionante, esse aspecto na natureza de minha esposa, nessa época mais tardia apenas, gravou em mim! Eu disse que seu conhecimento eu nunca havia detectado em outras mulheres, mas onde está o homem que percorreu de forma bem-sucedida todas as vastas áreas da moral, física e da ciência matemática? Eu não via na época o que agora claramente percebo que as aquisições de Ligeia foram gigantescas, foram avassaladoras; embora eu estivesse suficientemente ciente de sua infinita supremacia para me resignar, com a confiança de uma criança, à sua orientação através do caótico mundo de investigações metafísicas com o qual eu estive totalmente ocupado durante os primeiros anos do nosso casamento. Qual não foi o triunfo, o vívido deleite, a mais etérea das esperanças, que eu senti quando ela se inclinava sobre mim nos estudos, mas pouco almejou, e pouco conhecia, daquela vista deliciosa que se desvendava descendo vagarosos degraus, num caminho longo e não percorrido, uma sabedoria tão divinamente preciosa para não ser proibida!

Quão contundente, então, deve ter sido o pesar com que, depois de alguns anos, eu percebi minhas esperanças tão bem fundamentadas baterem asas e voar para longe! Sem Ligeia eu era não mais que um menino inculto. Sua presença, suas leituras solitárias, me proporcionaram iluminar de maneira vívida os muitos mistérios do transcendentalismo no qual estávamos imersos. Desprovido do radiante brilho dos seus olhos, toda aquela literatura, ligeira e dourada, se tornava mais pesada que o chumbo de Saturno. E aqueles olhos brilhavam cada vez menos sobre as páginas que estudei cuidadosamente. Ligeia ficou doente. Os olhos selvagens queimavam com um fulgor tão, tão glorioso; os pálidos dedos ficaram transparentes como o tom encerado de um túmulo, e as veias azuis sobre a testa elevada incharam e afundaram impetuosamente com as ondas da delicada emoção. Eu via que ela morreria. E lutei desesperadamente em minha alma com o sinistro Azrael[26]. E as lutas da esposa apaixonada foram, para minha surpresa, muito mais enérgicas que as minhas. Havia mais em sua natureza austera para me impressionar com a crença de que, para ela, a morte viria sem seus terrores; mas não foi bem assim. As palavras não têm

---

26 No Islamismo, é o arcanjo da justiça, e na tradição judaico-cristã, é o anjo da morte.

força suficiente para descrever a mínima ideia do furor de resistência com o qual ela lutou contra a Sombra. Eu gemi em angústia diante do lamentável espetáculo. Teria aliviado? Eu teria cogitado, mas na intensidade de seu louco anseio pela vida – pela vida, só pela vida –, consolo e razão eram a plena loucura. Somente no último momento, em meio às convulsões de seu feroz espírito, que a placidez de seu comportamento foi abalada. Sua voz ficou mais delicada, mais baixa – embora eu não desejasse me alongar sobre o bravio significado das palavras calmamente pronunciadas. Meu cérebro vacilou quando comecei a ouvir a melodia mais que mortal – suposições e aspirações que a mortalidade jamais conhecera.

Que ela me amava eu não deveria ter duvidado; e eu estive ciente de que, num peito como o dela, não teria imperado nenhuma paixão ordinária. Mas apenas na morte fiquei totalmente impressionado com a força de seu afeto. Por longas horas, segurando minha mão, será que ela despejaria diante de mim o que transbordava de seu coração cuja devoção apaixonada mais se aproximava da idolatria? Como mereci ser tão abençoado por tais confissões? Como mereci ser tão amaldiçoado tendo minha amada extirpada de mim quando as fazia? Mas sobre isso não suporto me prolongar. Deixe-me dizer apenas que no desamparo mais que feminino de Ligeia para um amor – ai!, completamente desmerecido, completamente indigno – no fim eu reconheci o princípio de sua permanência com tamanho sincero e louco desejo pela vida que estava agora escapando por entre os dedos. É essa desvairada permanência, é essa ávida veemência do desejo pela vida – e só pela vida – que eu não tenho forças para relatar; nenhuma palavra capaz de expressar.

Já ia alta a noite quando ela partiu, acenando para mim, peremptoriamente, ao seu lado, e me propôs repetir alguns versos compostos por ela mesma não muitos dias antes. Eu a obedeci. Aqui eles estão:

Olha! Era uma noite de gala
Naqueles últimos anos abandonados
Uma multidão de anjos com asas como palas
Em véus, e em lágrimas afogados,
Sentados em um teatro, para ver
Uma peça de esperança e medo constatado,
Enquanto a orquestra respira sem ceder.

Pantomimas, na forma de Deus elevado,
Baixo murmuram e sussurram,
Voam por toda parte apressados,
Meros fantoches, que vem e vão
Ao gosto de seres disformes,

Que mudam de cenário à exaustão,
E batendo asas de condor enorme
Espalham invisível desolação.

Aquele drama em mosaico, pode-se crer,
Não deverá ser esquecido,
Seu espectro perseguido sempre vai ser
Por uma multidão que não desfruta o ocorrido,
Através de um círculo que nunca volta
Ao mesmo ponto conhecido,
E de muita loucura e mais ainda pecado,
Além do horror da alma do enredo estabelecido.

Mas, veja, em meio ao tumulto fingido,
Um ser rastejante infiltrado,
Vermelho cor de sangue, todo contorcido
Da solidão do cenário montado
Se contorce, se contorce, com agonia mortal
A pantomima se torna seu alimento sagrado
E os anjos soluçam diante do canino bestial
De sangue humano impregnado.

As luzes estão todas apagadas,
E sobre cada forma em tremor,
Como um pano mortuário, a cortina empolada

Desce com a pressa de um raio perturbador,
E os anjos, todos pálidos e abatidos
Afirmam, com surpreendente ardor,
Que a peça é uma tragédia, "homem",
E que seu herói é o verme vencedor.

— Meu Deus! – gritou Ligeia, saltando e esticando seus braços para o alto com um movimento espasmódico enquanto eu terminava de ler esses versos. — Meu Deus! Ó, pai celestial! – seriam essas coisas tão metódicas? Seria esse vencedor alguma vez vencido? Não somos nós parte integrante de vós? Quem, quem conhece os mistérios com seu vigor? O homem não se rende aos anjos nem à morte senão pela fraqueza de sua frágil vontade[27].

E agora, como que exausta de emoção, seus alvos braços sofreram até caírem e voltaram solenemente ao seu leito de morte. Enquanto ela emitia seus últimos suspiros, um murmúrio baixo os acompanhava. Aproximei meu ouvido e distingui, mais uma vez, a passagem de Glanvill: "O homem não se rende aos anjos nem à morte senão pela fraqueza de sua frágil vontade".

Ela morreu. E eu, esmagado pela tristeza, não podia

---

27 Ver citação na abertura do conto.

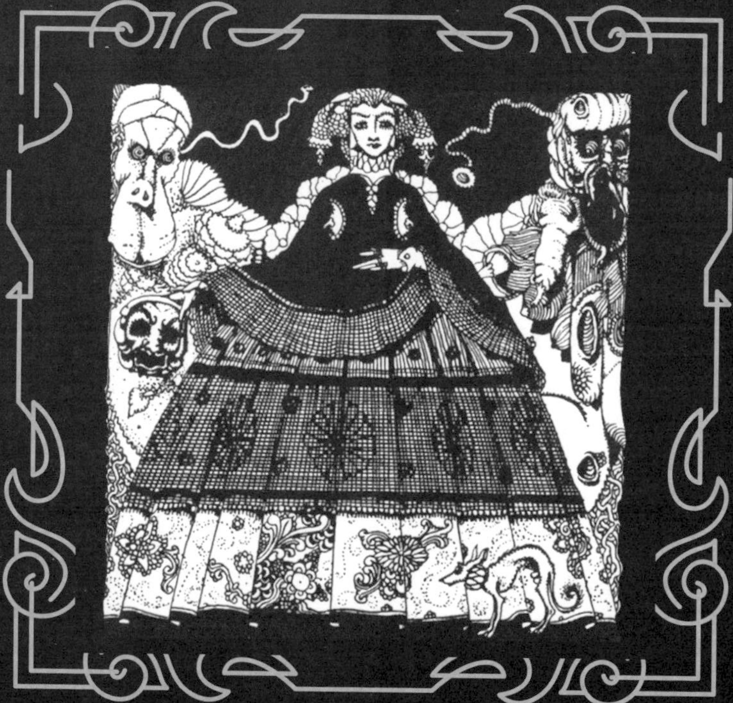

mais suportar a desolação solitária da minha morada na sombria e decadente cidade à beira do rio Reno. Não me faltava o que o mundo chama de riqueza. Ligeia havia me trazido muito mais, muito mais do que comumente chega à maioria dos mortais. Depois de alguns meses, entretanto, de um vagar maçante e errante, eu comprei e mandei reformar uma abadia, que não devo nomear, em umas das mais remotas e inabitadas regiões da bela Inglaterra. A lúgubre e sombria grandeza do edifício, o quase bárbaro aspecto da propriedade, as muitas melancólicas e respeitadas lembranças conectadas com ambos, cantavam em uníssono com os sentimentos de extremo abandono que haviam me conduzido àquela remota e antissocial região do país. Ainda que o lado externo da abadia, com uma degradação verdejante pendendo dela, sofreu pouca alteração, eu cedi – com a perversidade de uma criança, e talvez com uma tênue esperança de aliviar meu pesar – a uma manifestação de magnificência suntuosa. Por tais loucuras, mesmo na infância, eu desenvolvi um gosto que agora me volta como uma tontice do luto. Ai, imagino quanto da inicial loucura deve ter sido descoberta na estonteante e fantástica tapeçaria, nas gravuras solenes egípcias, nas amplas cornijas e na mobília, nos modelos de carpetes dourados. Eu tinha me tornado um escravo do ópio, preso em seus meandros. Os meus trabalhos e as minhas regras tinham se imbuído do colorido dos meus sonhos. Mas esses absurdos não merecem que sejam detalhados. Deixe-me falar apenas daquele recinto, amaldiçoado, para onde em um momento de alienação, eu conduzi do altar minha noiva – como a sucessora da inesquecível Ligeia, *lady* Rowena Trevanion, de Tremaine, com seus cabelos louros e olhos azuis.

Não há parte da arquitetura nem da decoração da câmara nupcial que não esteja agora visível diante de mim. Onde estavam as almas da altiva família da noiva quando, com sede de ouro, eles permitiram transpassar o limiar de um quarto tão adornado, uma donzela e filha tão amada? Eu havia dito que a cada minuto lembrava dos detalhes do quarto – embora tristemente esqueça outros aspectos importantes – e aqui não havia ordenação nem cuidado na exibição fantástica a se apoderar da memória.

O quarto ficava em uma torre alta da abadia acastelada, tinha formato pentagonal, de tamanho espaçoso. Ocupando toda a face sul do pentágono estava uma única janela – uma imensa folha de vidro veneziano intacta – um painel único, com tonalidades de chumbo, de forma que os raios tanto do sol quanto da lua, ao passar por ele, caía com um brilho sinistro sobre os objetos do lado de dentro. Sobre a parte superior dessa enorme janela, se estendia um trabalho em treliça de cipó envelhecido, que subia pelos maciços muros da torre. O teto, de um carvalho escuro, era excessivamente elevado, abobadado, e enfeitado minuciosamente com os itens mais loucos e grotescos do estilo semigótico ou do semidruídico. De fora da parte mais central desse melancólico teto abobadado, pendia, de uma única corrente com longos elos, um enorme incensário do mesmo metal, de modelo sarraceno, com perfurações tão forçadas que estava retorcido de dentro para fora, como se encerrado com a vitalidade de uma serpente, uma sucessão contínua de fogos multicoloridos.

Alguns poucos divãs, de candelabro dourado, modelo oriental, estavam espalhados por várias partes. E havia também a poltrona, a poltrona nupcial, de modelo indiano, baixa, esculpida em ébano sólido, com um dossel como manto por cima. Em cada um dos ângulos do recinto ficava um gigantesco sarcófago de granito negro das tumbas dos reis de Luxor, no Egito, com suas tampas envelhecidas repletas de esculturas imemoriais. Mas era na decoração do quarto, ah!, que estava a fantasia suprema de tudo. As paredes elevadas, gigantes, até desproporcionais, de cima a baixo, com muitas dobras e uma tapeçaria pesada, que se assemelhava a um carpete sobre o chão, como uma capa para os divãs e a cama, como um dossel para a cama, e as fabulosas volutas das cortinas que cobriam a janela parcialmente. O material era o mais rico pano de ouro[28]. Estava por toda parte, com

---

28 Tecido com trama enrolada de ouro ou fiada.

intervalos irregulares, em arabescos, com um pé[29] de diâmetro, forjado no tecido do mais negro tom. Mas essas imagens faziam parte da verdadeira característica do arabesco apenas quando vistas de um ângulo. Com um artifício agora comum, que remonta a um período na antiguidade, eles tinham aspecto variável. Para alguém que entrasse no quarto, tinha a aparência de uma monstruosidade; mas de uma distância maior, essa aparência gradualmente se desfazia; passo a passo, conforme o visitante se movesse dentro do cômodo, ele se veria rodeado de uma sucessão infindável de formas horripilantes que pertenciam à superstição normanda, ou ganharam forma no cochilo culpado do monge. O efeito fantasmagórico era potencializado pela introdução artificial de uma forte e contínua corrente de ar atrás das cortinas – conferindo um movimento hediondo e inquieto no geral. Em salões como esse – numa câmara nupcial como esta – eu passei, com a *lady* de Tremaine, as ímpias primeiras horas do nosso casamento. Não sem uma pequena inquietude. Que minha esposa temia minha feroz mudança de temperamento, que ela me evitava e que me amava apenas um pouco era impossível não perceber. Mas isso me deu, na verdade, satisfação. Eu a odiava com uma ira que pertencia mais à natureza do demônio do que do homem. Minha memória

---

29 Unidade de medida de comprimento que equivale a 30,48 centímetros.

voltou (ó, com que intenso arrependimento!) para Ligeia, a amada, a augusta, a bela e enterrada. Regozijei-me nas recordações de sua pureza, sua sabedoria, sua índole altiva e etérea, seu amor apaixonado e idólatra. Então, agora, minha alma queimava completamente e livremente com fogo maior do que possuía. Na euforia dos meus sonhos regados a ópio (pois eu estava habitualmente preso nas algemas da droga), eu chamava seu nome alto, no silêncio da noite, ou em meio aos recessos abrigados das grutas durante o dia, como se, por meio de uma avidez selvagem, a solene paixão, o ardor desgastante do desejo pela que partiu, eu pudesse restaurar o caminho que ela havia abandonado – seria para sempre? – sobre a terra.

Por volta do início do segundo mês do casamento, *lady* Rowena foi repentinamente acometida de uma doença, cuja recuperação demorou. A febre que a consumia deixava suas noites inquietas, e, nesse estado perturbado de sonolência, ela falou de sons e de movimentos, dentro e fora da câmara da torre, o que concluí que não podia ter outra origem a não ser no desvario de sua fantasia, ou talvez nas influências fantasmagóricas da própria câmara. Ela convalesceu, mas no fim ficou bem. Um período curto se passou antes que o segundo distúrbio ainda mais violento a jogasse na cama novamente de tanto sofrimento; desde esse ataque, seu corpo, sempre frágil, nunca se recuperou completamente. Sua doença foi, depois desse episódio, de natureza alarmante, e de recorrência mais alarmante ainda, desafiando igualmente o conhecimento e o grande esforço de seus médicos. Com o agravamento de sua doença crônica, que, aparentemente, havia tomado posse dela de tal forma que dificultava ser erradicada por meios humanos, eu não pude evitar observar um agravamento similar de seu temperamento nervoso, cuja irritação se elevava com qualquer medo trivial. Ela falou novamente, e agora com mais persistência, dos sons – dos breves sons – e dos movimentos inusitados nas cortinas, aos quais ela formalmente aludira.

Uma noite, próxima ao fim de setembro, ela trouxe à minha atenção esse perturbador assunto com ênfase fora do comum. Ela havia acabado de acordar de um cochilo inquieto, e eu vinha observando, com um pouco de ansiedade e um pouco de vago terror, o funcionamento de seu rosto macilento. Sentei-me ao lado da cama de ébano, sobre um divã da Índia. Ela se ergueu e falou num sussurro baixo e sério, dos sons que ela então ouvia, mas que eu não conseguia escutar; de movimentos que ela então via, mas que eu não conseguia perceber. O vento soprava com pressa atrás das cortinas, e eu desejei mostrar a ela (no que, deixe-me confessar, eu não acreditava por completo) que aqueles respiros quase inarticulados e aquelas suaves variações de formas sobre a parede não passavam de efeitos do contumaz sopro do vento.

Mas uma palidez sepulcral, se espalhando por sua face, me provou que meus esforços para a tranquilizar seriam em vão. Ela parecia estar desmaiando e nenhum criado podia ser chamado. Eu lembrei onde havia sido colocado um decânter de vinho leve que havia sido recomendado pelos médicos e corri pelo recinto a fim de providenciá-lo. Mas, assim que eu pisei sob a luz do incensário, duas ocorrências de impressionante natureza me chamaram a atenção. Eu sentira que algum objeto palpável, ainda que invisível, passou raspando por mim e vi que havia uma sombra sobre o tapete dourado, bem no meio do rico brilho proporcionado pelo incensário – uma tênue e indefinida sombra de aspecto angelical – tal como seria tomado como a sombra de uma nuance. Mas eu estava louco com a euforia de uma dose não moderada de ópio, e considerei esses fatos um pouco, e não falei deles para Rowena. Após ter encontrado o vinho, voltei e enchi uma taça, que servi nos lábios da mulher convalescente. Ela havia se recuperado parcialmente, no entanto, e pegou a taça ela mesma, enquanto eu me afundava em um divã próximo, com meus olhos atados a ela. Foi então que notei claramente o som de pisadas sobre o carpete e perto do sofá, e um segundo depois, como Rowena estava levando o vinho até os lábios, eu vi, ou posso ter sonhado ter visto, cair dentro da taça, como se de uma fonte invisível na atmosfera do quarto, três ou quatro grandes gotas de um líquido rubi brilhante e

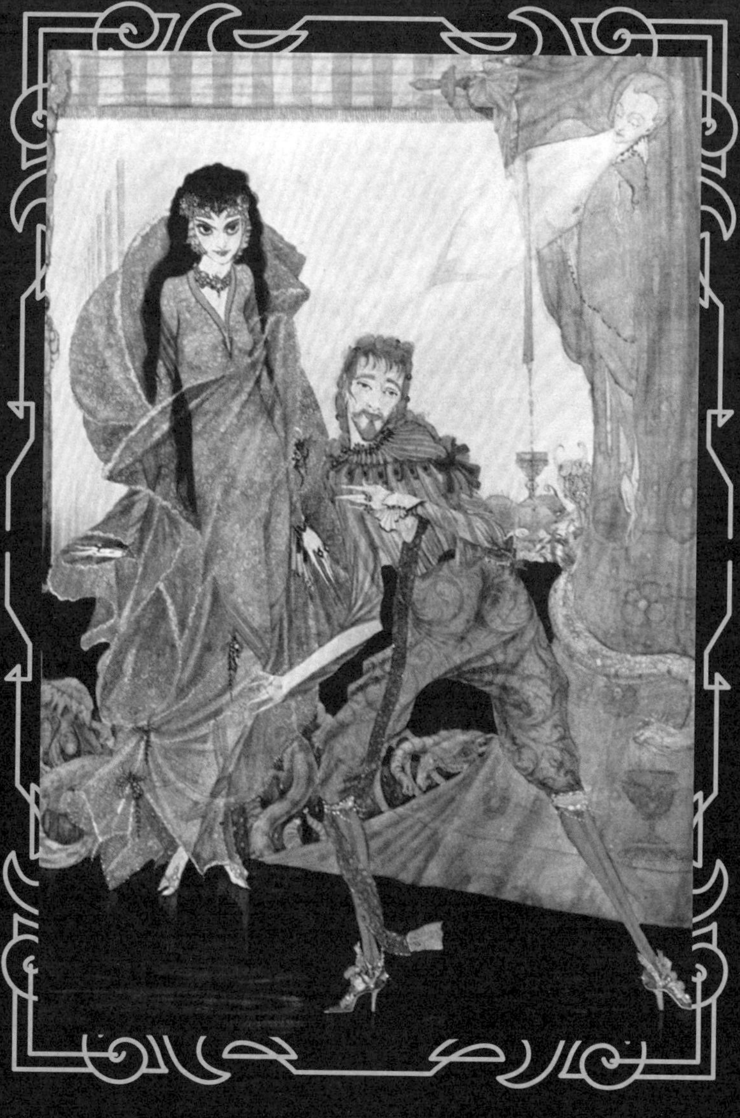

colorido. Se eu vi, o mesmo não aconteceu com Rowena. Ela engoliu o vinho sem hesitar, e eu abstive-me de falar com ela sobre algo que, ao final, considerei poder ter sido apenas sugestão de uma vívida imaginação, tornada morbidamente intensa pelo terror dela, pelo ópio e pelo avançado da hora.

Não consigo esconder de minha própria percepção que, imediatamente depois da queda das gotas rubi, uma rápida mudança para pior tomou conta de minha esposa; tanto que, na terceira noite após o ocorrido, as mãos de suas criadas a prepararam para o túmulo, e na quarta noite, eu sentei sozinho, com seu corpo envolto na mortalha, naquele quarto fantástico em que eu a havia recebido como minha esposa. Visões turbulentas, suscitadas pelo ópio, passaram por mim rapidamente, como um vulto. Observei o sarcófago no canto do quarto com um olhar inquieto, sobre as imagens variantes nas cortinas, sobre o retorcer do fogo multicolorido do incensário acima. Enquanto eu recordava os acontecimentos de uma noite anterior, meus olhos, então, baixaram para o ponto abaixo do clarão do incensário onde eu havia visto sinal da sombra. Não obstante, já não estava mais lá; e, respirando com enorme liberdade, virei meu olhar para a figura rígida e pálida sobre a cama. Então, mil lembranças de Ligeia inundaram-me, e com a violência turbulenta de uma inundação, tomou meu coração aquela completa tristeza impronunciável com a qual eu a havia observado em sua mortalha. A noite avançou, e ainda com o peito cheio de pensamentos naquela amada única e suprema, permanecei fitando o corpo de Rowena.

    Já devia ser meia-noite, ou quase, ou mais, pois nem notei a passagem do tempo, quando um soluço – baixo, suave, mas bem nítido – me tirou do meu devaneio. Senti que vinha da cama de ébano, a cama da morte. Ouvi uma agonia de terror supersticioso, mas o som não se repetiu. Forcei minha visão para detectar qualquer movimento no cadáver, mas não havia nada perceptível. Mas eu não podia ter me enganado. Eu havia ouvido o barulho, embora sutil, e minha alma acordou dentro de mim. Com obstinação, mantive meus olhos fixos no corpo. Muitos minutos se passaram até que qualquer coisa que jogasse alguma luz sobre o mistério acontecesse. Finalmente, tornou-se evidente que uma leve, frágil, que mal podia-se notar pincelada de cor havia surgido em suas bochechas e ao longo das pequenas veias afundadas das pálpebras. Por meio de uma espécie de indizível horror e espanto, para os quais a língua dos mortais não tem palavras suficientes para expressar, senti meu coração parar de bater, meus membros ficarem rígidos. Um senso de obrigação finalmente operava para restaurar meu autocontrole. Não podia mais duvidar que havíamos nos precipitado em nossas preparações – Rowena ainda estava viva! Algumas providências urgentes necessitavam ser tomadas; embora a torre fosse completamente separada da parte da abadia habitada pelos criados – nenhum estava ao alcance – eu não tinha condições de reuni-los para me ajudar se não deixasse o quarto por muitos minutos, e isso eu não podia me arriscar a fazer. Portanto, lutei sozinho no meu empenho para chamar de volta o espírito da enfermidade que pairava. Em pouco tempo, estava certo, no entanto, que uma recaída havia ocorrido; as cores haviam desaparecido tanto das pálpebras quanto da bochecha, deixando em seu lugar uma palidez maior ainda que a do mármore; os lábios ficaram duplamente enrugados e detinham a horripilante expressão da morte; uma frieza e uma mudez repulsivas se espalharam rapidamente por toda a superfície do corpo; e toda a rigorosa e usual doença imediatamente sobreveio. Caí para trás com um tremor no sofá que me fez surpreendentemente me levantar, e novamente me rendi a visões apaixonadas de Ligeia.

Uma hora, então, se passou quando (seria possível?) pela segunda vez notei um vago som vindo do lado da cama. Eu ouvi – em extremo horror. O som veio de novo – era um suspiro. Correndo até o corpo, vi – vi com muita clareza – um tremor sobre os lábios. Um minuto depois eles relaxaram, revelando uma luz brilhante dos dentes perolados. A surpresa agora lutava em meu peito com o profundo espanto que tinha até então reinado sozinho. Senti minha visão ficar mais sombria, fazendo meu raciocínio perder-se; foi só com um esforço violento que eu, finalmente, me fortaleci para a tarefa que mais uma vez me era apontada. Havia agora um brilho parcial sobre a testa, a bochecha e a garganta; um calor perceptível penetrou todo o corpo; havia até um leve pulsar no coração. O corpo vivia, e com redobrado ardor me coloquei na obrigação de restauração. Esfreguei e molhei as têmporas e as mãos, e coloquei experiência em cada esforço, nada menos que a literatura médica poderia sugerir. Em vão. De repente, a cor sumiu, a pulsação parou, os lábios retomaram a aparência de mortos e, um instante após, todo o corpo se tomou de um arrepio gelado, do matiz, da rigidez intensa, do contorno encolhido, e de todas as peculiaridades odiosas que fizeram parte, por muitos dias, de uma moradora de um túmulo.

Novamente, sucumbi a visões de Ligeia – e de novo (que maravilha que eu tremo enquanto escrevo), de novo chegou aos meus ouvidos um soluço baixo vindo da cama de ébano. Mas por que deveria eu minuciosamente detalhar os horrores inenarráveis daquela noite? Por que deveria eu parar para relatar como, repetidamente, até próximo do cinzento amanhecer, esse hediondo drama da reanimação era repetido; como cada terrível recaída se dava para uma mais severa e aparentemente mais irreversível morte; como cada agonia tinha o aspecto de uma luta com algum inimigo invisível; e como cada luta era sucedida por uma desconhecida mudança radical na aparência pessoal do cadáver? Deixe-me me apressar para uma conclusão. A maior parte da temerosa noite havia passado e ela que havia estado morta novamente se mexeu – agora mais rigorosamente do que nunca, embora provocando uma ruptura mais chocante em sua total desesperança do que qualquer outra. Eu já deixara havia muito de lutar ou de me mexer e permaneci rigidamente sentado no divã, uma presa indefesa de um violento turbilhão de emoções, do qual extremo horror fosse talvez a menos terrível, a menos desgastante. O cadáver, repito, se movia, agora mais vigorosamente que antes. Os matizes de vida afluíram com inusitada energia para a face, os membros estavam relaxados – mas exceto pelas pálpebras que ainda estavam pesadamente grudadas e pelas ataduras e a roupagem do túmulo que ainda conferiam um aspecto mortuário para o corpo, eu devo ter sonhado que Rowena tivesse de fato se livrado, completamente, dos grilhões da morte. Mas se essa ideia não foi, mesmo então, completamente adotada, eu não poderia duvidar mais, quando, levantando-se da cama, cambaleando, com passos incertos, olhos fechados, e com os modos de alguém desnorteado pelo sono, a coisa que estava sendo velada avançou ousadamente e seriamente pelo meio do quarto.

Não tremi – nem me mexi –, pois uma abundância de fantasias conectadas com o ar, o corpo, seu porte invadiram rapidamente meu cérebro, me paralisaram, me transformaram em pedra. Não me movi, mas fitei a aparição. Havia um desarranjo louco nos meus pensamentos – um insaciável tumulto. Poderia ser, de fato, a viva Rowena que me confrontava? Poderia ser, de fato, Rowena? A Rowena Trevanion de Tremaine de cabelos louros e olhos azuis? Por que, por que eu deveria duvidar? As ataduras pendiam pesadamente da boca – mas pode ser que não fosse a boca da *lady* de Tremaine? E as bochechas? Tinham o rosado do auge de sua vida – sim, essas deviam ser as belas bochechas da viva *lady* de Tremaine. E o queixo, com suas covinhas, sinal de saúde, não seria o dela? Mas teria ela ficado mais alta desde a doença? Mas que loucura inexplicável se apoderou de mim com aquele pensamento? Um pulo e eu teria alcançado seus pés. Encolhendo-se com o meu toque, ela deixou cair de sua cabeça, solto, o horripilante sudário que a encobria, e ali correu pelo quarto uma enorme massa de longo e desgrenhado cabelo; era mais negro que as asas do corvo da meia-noite! E, abrindo os olhos lentamente, a figura se pôs diante de mim.

— Aqui, então, finalmente! – gritei alto. Nunca posso, nunca posso me enganar, pois esses são os negros cabelos e os olhos selvagens do meu perdido amor – da *lady*, da *lady* Ligeia!

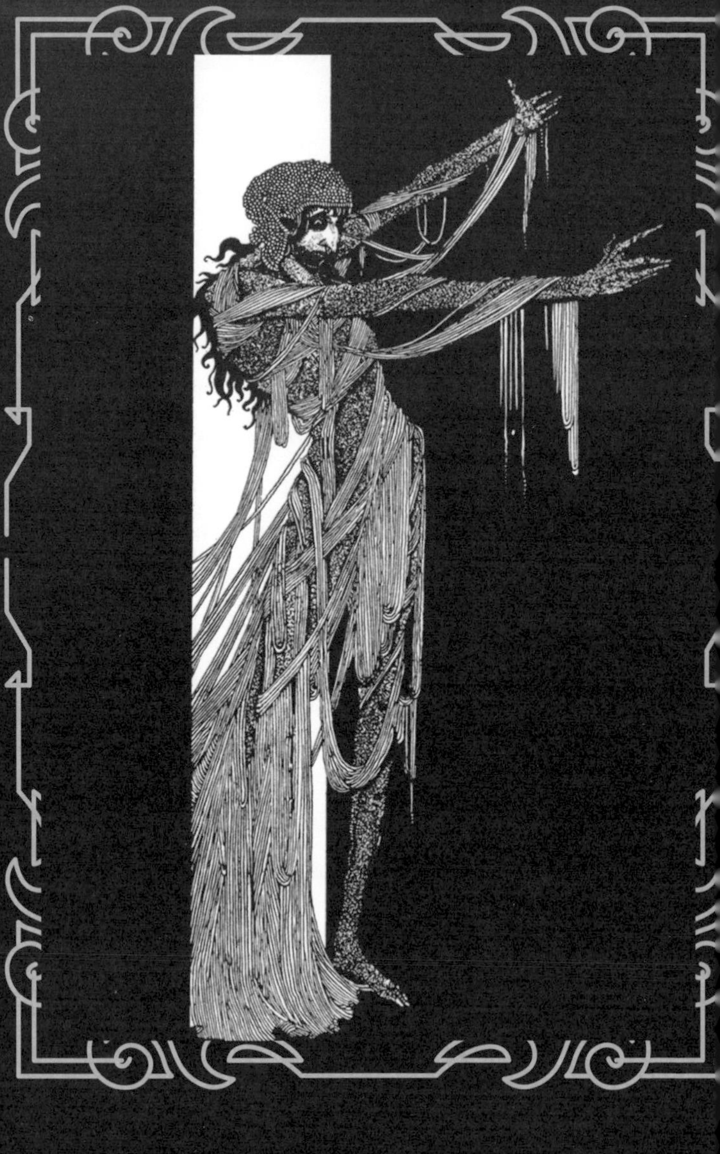

A QUEDA DA CASA DE USHER

Seu coração é um alaúde suspenso;
Quando tocado, ele ressoa.

Béranger[30]

Durante todo um dia entediante, escuro e silencioso no outono, quando as nuvens se penduravam do céu, baixas, eu cavalgava sozinho por essa singularmente sombria parte do

---

30 Pierre Jean de Béranger (1780 -1857) foi um poeta, libretista e autor de letras de canções francês.

país, e finalmente me encontrei, conforme as sombras do entardecer caíam, diante da vista da melancólica Casa de Usher. Eu não sabia como ela era, mas com uma primeira olhadela da construção, uma sensação de intolerável pessimismo invadiu meu espírito. Eu digo intolerável porque o sentimento não era aliviado por nenhum dos meio prazerosos, porque poéticos, sentimentos, com os quais a mente geralmente recebe até a mais severa das imagens naturais de desolação e terror. Olhei para o cenário diante de mim, a mera casa, as simples características da paisagem da propriedade, uma fileira de junça, uns poucos troncos brancos de árvores em decomposição, com uma completa depressão na alma que eu não podia comparar a nenhuma sensação humana a não ser que fosse àquela proporcionada pelo ópio – um lapso amargo na vida diária –, uma horrenda revelação. Havia um congelamento, em recrudescimento, um adoecimento do coração, uma tristeza não amortizada do pensamento que nenhum tormento da imaginação poderia torturar ao ponto de elevar a algo sublime. O que era isso? – parei para pensar –, o que era isso que me deixou tão perturbado diante da contemplação da Casa de Usher? Era um mistério completamente insolúvel; eu nem podia lutar com as fantasias sombrias que me rondavam enquanto eu observava. Fui forçado a recorrer a uma conclusão insatisfatória, que, sem dúvida, enquanto há combinações de objetos naturais muito simples que têm o poder de nos afetar, a análise desse poder recai sobre considerações que estão além do nosso conhecimento profundo. Era possível, eu refleti, que um simples arranjo diferente dos detalhes da cena, da imagem, fosse suficiente para modificar, ou talvez aniquilar, sua capacidade de causar uma impressão dolorida; agindo sobre essa ideia, tomei as rédeas de meu cavalo e o guiei pela íngreme beira de um fantástico lago com um tranquilo brilho que ficava próximo à propriedade e olhei para baixo – mas com um tremor ainda mais excitante que antes –, sobre as imagens remodeladas e invertidas das nebulosas junças, os sinistros galhos das árvores e as janelas, que como olhos estavam livres.

No entanto, nessa mansão de obscuridade, eu me propus uma estadia de algumas semanas. Seu proprietário, Roderick Usher, havia sido um dos meus bons companheiros na infância; mas muitos anos haviam se passado desde nosso último encontro. Uma carta, contudo, chegou a mim recentemente em uma longínqua parte do país – uma carta dele – que, em sua natureza seriamente inoportuna, exigia não menos que uma resposta pessoal. A mensagem mostrou prova de uma agitação nervosa. O autor falava de uma doença grave – um distúrbio mental que o oprimia – e de um desejo de me ver, como seu melhor amigo, de fato, o único amigo, com o objetivo de que, na minha alegre companhia, os sinais de sua doença amenizassem. Foi na maneira como tudo isso, e muito mais, foi dito – parecia que ele colocara o coração em seu pedido – que não me permitiu hesitar; e mesmo tendo obedecido prontamente, considero uma forma singular de convocação.

Embora, enquanto garotos, tenhamos sido íntimos parceiros, eu realmente sabia muito pouco do meu amigo. Sua reserva sempre fora excessiva e frequente. Eu tinha consciência, todavia, que essa família muito antiga era conhecida, desde tempos imemoriais, por uma peculiar sensibilidade de temperamento, se revelando, durante muitas gerações, por meio de arte elevada, e manifestada, nos últimos tempos, em repetidos trabalhos de generosa, embora discreta, caridade, assim como por meio de uma apaixonada devoção às suas complexidades, talvez mais até do que a sua beleza ortodoxa e facilmente reconhecível, da ciência musical. Eu havia aprendido, também, um fato muito notável, que a origem da família Usher, muito tradicional como era, não gerou, em nenhuma época, nenhuma ramificação duradoura; em outras palavras, a família toda sempre se desenvolveu em apenas uma linha de descendência e, com muito insignificante e temporária variação, assim tem permanecido. Foi essa carência, eu considerei, enquanto o pensamento percorria a manutenção da perfeita natureza das instalações com a natureza autenticada das pessoas, e enquanto especulava sobre a possível influência que uma, ao longo dos séculos, deve ter exercido sobre a outra – foi essa carência, decerto, de um elemento adicional, e a consequente transmissão metódica, de pai para filho, do patrimônio com o nome, que tinha, finalmente, identificado tanto os dois até convergir no título original da propriedade por meio do pitoresco e equívoco título de Casa de Usher – um título que parecia incluir, na mente do campesinato que a usava, tanto a família quanto a mansão dela.

Eu disse que o único resultado do meu experimento um tanto infantil – aquele de olhar para baixo dentro do lago – havia sido para aprofundar a singular primeira impressão. Não pode haver dúvida de que a consciência do aumento rápido da minha superstição – por que não haveria de nomeá-la assim? – serviu principalmente para acelerar seu aumento. É do meu conhecimento há tempos que tal é a lei paradoxal de todos os sentimentos que têm o terror como base. E deve ter sido por essa razão apenas que, quando eu novamente ergui meus olhos para a casa propriamente dita, parando de olhar para sua imagem refletida no lago, surgiu em minha mente uma fantasia estranha – uma fantasia, de fato, tão ridícula – que eu a menciono apenas para mostrar a força vívida das sensações que me oprimiam. Eu então aperfeiçoei minha imaginação a fim de realmente acreditar que sobre a mansão e toda a propriedade pairava uma atmosfera peculiar a elas mesmas e à vizinhança imediata – uma atmosfera que não possuía nenhuma afinidade com o ar celestial, mas de fato exalava um mau cheiro vindo das árvores em decomposição, do muro cinzento e do lago silencioso – um vapor pestilento e místico, enfadonho, moroso, vagamente discernível e matizado de chumbo.

Espantando da minha mente o que deve ter sido um sonho, examinei mais de perto o que era o real aspecto do prédio. Sua característica principal parecia ser de excessiva antiguidade. A descoloração pela passagem do tempo havia sido grande. Pequenos fungos se espalhavam por todo o exterior, pendurados em uma fina rede interligada no beiral. Apesar de tudo isso, não havia nenhuma dilapidação extraordinária. Nenhuma parte da mansão havia desabado; e parecia haver uma extravagante inconsistência entre a perfeita adaptação de algumas partes e o aspecto desmoronado de algumas pedras. Nisso havia muito que me lembrava de um trabalho em madeira caprichoso que havia apodrecido por anos em algum túmulo abandonado, sem ser alterado pelo sopro do ar externo. Não obstante esse indício de profunda decadência, a estrutura dava pouco sinal de instabilidade. Talvez o olho de um observador bem atento tivesse descoberto uma fissura dificilmente perceptível, que, se começava no teto da construção na frente, percorria o muro em ziguezague, até se perder nas taciturnas águas do lago.

Após notar esses detalhes, cavalguei por uma estrada curta que levava à casa. Um criado à espera tomou meu cavalo e eu adentrei a arcada gótica do salão. Um camareiro, de passo furtivo, me conduziu a partir dali, em silêncio, por muitos escuros e intrincados corredores que me levariam ao estúdio do meu anfitrião. Muito do que eu vi pelo caminho contribuiu, não sei como, para aumentar os vagos sentimentos dos quais já falei. Enquanto os objetos à minha volta – os entalhes no teto, as sombrias tramas nas paredes, a negrura dos pisos, os troféus fantasmagóricos que retiniam enquanto eu passava – eram apenas coisas às quais, ou como tais, eu estivera acostumado desde a infância – enquanto eu hesitava em reconhecer quão familiar isso tudo era –, eu ainda imaginava descobrir quão inusitadas eram as fantasias que essas ordinárias imagens suscitavam. Em uma das escadas, encontrei o médico da família. Seu rosto, pensei, misturava expressões de um pouco de astúcia com perplexidade. Ele se aproximou trepidante e por mim passou. O camareiro escancarou uma porta e me levou até a presença de seu amo.

A sala em que me encontrava era muito grande e elevada. As janelas eram longas, estreitas e pontiagudas, e ficavam a uma distância bem longa do negro chão de carvalho de forma a serem completamente inacessíveis do lado de dentro. Um fraco brilho de luz carmesim passava pelas vidraças treliçadas e serviam para tornar suficientemente distintos os mais proeminentes objetos ao redor; o olho, no entanto, lutava em vão para alcançar os cantos mais remotos do recinto ou os recessos do teto abobadado e enfeitado. Tecidos escuros pendiam das paredes. A mobília, em geral, era profusa, sem conforto, antiga e esfarrapada. Muitos livros e instrumentos musicais se espalhavam pelo espaço, mas não eram capazes de conferir qualquer vitalidade à cena. Senti que respirava uma atmosfera de tristeza. Um ar de severo, profundo e irremediável desânimo pairava e tudo penetrava.

Ao me ver entrar, Usher se levantou de um sofá sobre o qual ele estivera esticado e me cumprimentou com uma acolhida vivaz que carregava muito, primeiro pensei, de uma cordialidade exagerada – do limitado esforço do tédio; o homem do mundo. Um olhar, contudo, para seu rosto me convenceu de sua perfeita sinceridade. Nos sentamos e por alguns momentos, enquanto ele não falava, o fitei com um sentimento meio de pena, meio de horror. Certamente, nenhum homem antes houvera mudado tão terrivelmente em tão pouco tempo como Roderick Usher! Foi com dificuldade que admiti para mim mesmo que o homem diante de mim era o mesmo companheiro de minha infância. A natureza de seu rosto, todavia, permaneceu notável esse tempo todo. Um aspecto cadavérico – um olho grande, líquido e luminoso além da comparação; lábios ligeiramente finos e muito pálidos, mas com um traçado insuperavelmente bonito; um nariz com a delicadeza de um modelo hebreu, mas com a respiração irregular, embora as narinas tivessem formato similar; um queixo finamente moldado, digamos, com uma carência de proeminência, de energia moral; cabelos de uma leveza e maciez como de uma teia; essas características, com uma expansão desordenada sobre a região das têmporas, criavam no todo um rosto difícil de ser esquecido. E agora, no mero exagero da natureza prevalecente dessas características e da expressão que lhes era comum transmitir, havia tanta mudança que eu chegava a duvidar de com quem eu estava falando. A palidez sinistra de sua pele e o brilho miraculoso do olho, dentre todas as coisas, me surpreendiam e horrorizavam. O cabelo sedoso, também, crescia de forma irregular e, como em sua textura de teia de aranha, flutuava ao invés de cair sobre a face, mesmo com esforço eu não conseguia ligar sua expressão arabesca com qualquer noção de um simples ser humano.

Sobre os modos do meu amigo, eu estava diante de uma incoerência, uma inconsistência, e logo percebi que advinha de uma série de frágeis e fúteis lutas para superar uma habitual trepidação – uma agitação nervosa excessiva. Para algo dessa natureza eu estivera preparado, mais por sua carta do que por reminiscências de certos traços de menino, e por conclusões deduzidas de seu peculiar temperamento e configuração física. Suas atitudes eram alternadamente vivazes e soturnas. Sua voz variava rapidamente de uma indecisão trêmula (quando o espírito animal parecia completamente em suspensão) para uma espécie de concisão enérgica – aquela enunciação abrupta, avassaladora, sem pressa e soando oca; aquela fala gutural pesada, autobalanceada e perfeitamente modulada, que pode ser observada em um bêbado ou no irrecuperável consumidor de ópio, durante os períodos mais intensos de euforia.

E foi assim que ele falou sobre o objetivo da minha visita, de seu mais sincero desejo de me ver e do conforto que ele esperava que eu pudesse proporcionar. Ele entrou, num dado momento, no que ele concebia ser a natureza de sua doença. Segundo ele, era um mal de temperamento familiar, para o qual estava desesperado para encontrar um remédio – uma mera perturbação nervosa, ele adicionou imediatamente, que poderia, sem dúvida, logo passar. Apresentava-se como um conjunto de sensações não naturais. Algumas delas, como ele as detalhou, me interessaram e me confundiram; embora, talvez, os termos e a maneira geral de sua descrição tivessem seu peso.

Ele sofria em grande parte de uma agudeza mórbida dos sentidos: a mais insípida das refeições era apenas suportável; ele só podia vestir roupas de certos tecidos; os odores de todas as flores eram sufocantes; seus olhos eram torturados pela mais tênue luz; mas havia alguns sons peculiares, de instrumentos de corda, que não chegavam a inspirá-lo com horror. Eu o julguei um escravo de uma espécie anômala de terror.

— Perecerei – ele disse. — Devo perecer nessa loucura deplorável. Assim, desse jeito, e de nenhum outro, serei eliminado. Temo os acontecimentos futuros, não por eles mesmos, mas pelo que resulta deles. Estremeço só de pensar em algum, até o mais trivial incidente que pode agir sobre essa agitação intolerável da alma. Eu não tenho, de fato, nenhuma aversão ao perigo, exceto por seu absoluto resultado – fico aterrorizado. Nessa desalentada, nessa lastimável condição eu sinto que cedo ou tarde chegará a hora de eu abandonar a vida e a razão ao mesmo tempo, na luta com esse tétrico fantasma, o medo.

Eu aprendi, além disso, em intervalos, e por meio de pistas truncadas e equívocas, uma outra característica singular de sua condição mental. Ele estava preso a certas impressões supersticiosas quanto à residência que ele ocupava e de onde, por muitos anos, nunca se arriscou a sair. Quanto à influência cuja força supersticiosa era transmitida em termos obscuros demais para ser mencionada novamente, uma influência que algumas peculiaridades na simples forma e corpo da mansão de sua família tinha, por força de longo sofrimento, ele disse, conferiu a seu espírito um efeito que a formação dos cinzentos muros e torres, e do sombrio lago para o qual todos se voltavam, tinha finalmente suscitado a motivação de sua existência.

Ele admitiu, todavia, não sem hesitar, que muito da peculiar obscuridade que o afligia poderia ter uma origem traçada bem mais natural e palpável (para a severa e duradoura enfermidade), de fato para a evidente e iminente ruína – de uma irmã ternamente amada, sua única companhia por muito anos, sua última e única parente na face da terra.

— Sua morte – disse ele, com uma amargura que não consigo esquecer — faria de mim (ele, o desesperado e frágil) o último sobrevivente da antiga família dos Usher.

Enquanto ele falava, *lady* Madeline (pois esse era seu nome) passou vagarosamente por uma parte distante do recinto e sumiu sem nem ter notado minha presença. Eu a observei com completo assombro misturado com pavor – e, contudo, achei impossível dar conta de tais sentimentos. Uma sensação de estupor me oprimiu, enquanto meus olhos seguiam seus passos ao se retirar. Quando uma porta, finalmente, se fechou depois dela, meu olhar instintivamente e avidamente procurou pelo rosto de seu irmão – mas ele o escondia com as mãos, e eu apenas pude perceber que uma palidez muito mais que normal havia se espalhado pelos dedos macilentos através dos quais lágrimas emocionadas pingavam.

A doença de *lady* Madeline tinha há muito enganado as habilidades dos médicos. Uma apatia havia se estabelecido e ela gradualmente definhava e o diagnóstico comum era de frequentes embora transitórias emoções de uma natureza parcialmente cataléptica. Até o momento, ela havia suportado a pressão de sua enfermidade e não se havia deixado cair de cama; mas, ao final da tarde da minha chegada à casa, ela sucumbiu (como seu irmão me informou à noite com indizível inquietação) ao poder aniquilador do que a destruía; e eu entendi que o vislumbre que havia tido dela, provavelmente, seria o último – que a moça, enquanto viva, não seria mais vista por mim.

Por alguns dias seu nome não foi mencionado nem por Usher nem por mim, e durante esse período me mantive ocupado nos mais sinceros esforços para aliviar a melancolia de meu amigo. Nós pintamos e lemos juntos, ou ouvimos, como num sonho, as desvairadas improvisações de seu violão. E assim, conforme ia ficando mais e mais próximo da intimidade do âmago da sua alma, mais amargamente compreendi a futilidade de toda a tentativa de resgatar uma alma de cuja obscuridade, como uma qualidade positiva inerente, jorrava sobre todos os objetos morais e físicos, em um brilho radiante ininterrupto.

Creio que para sempre carregarei comigo uma lembrança das muitas horas solenes que passei sozinho com o senhor da Casa de Usher. Embora eu não fosse capaz de expressar de forma correta a exata natureza de todo o zelo, das preocupações nas quais me envolveu e pelas quais me conduziu.

Um eufórico e altamente perturbado devaneio jogou um brilho sulfúreo sobre tudo. Suas longas lamentações improvisadas soarão para sempre em meus ouvidos. Entre outras coisas, eu retenho dolorosamente na memória uma espécie de singular perversão e amplificação do ar selvagem da última valsa de Von Weber[31]. As pinturas sobre as quais sua elaborada fantasia se originou evoluíram, a cada pincelada, a uma imprecisão que me causava estremecimento ainda mais arrepiante, já que eu não sabia o motivo. Dessas pinturas (cujas imagens são agora vívidas para mim) eu me esforçaria, em vão, para extrair mais do que uma pequena porção que pudesse ser expressa meramente por palavras escritas.

Pela total simplicidade, pela pureza de seus desenhos, ele capturava e provocava atenção. Se algum mortal alguma vez pintou uma ideia, essa pessoa foi Roderick Usher. Para mim, pelo menos, nas circunstâncias nas quais eu então me encontrava, das puras abstrações que o hipocondríaco

---

31 Carl Maria von Weber foi um barão e compositor alemão, nascido no século XVIII.

idealizava sobre suas telas, surgia uma intensidade de intolerável espanto, que eu jamais sentira tendo contemplado os devaneios resplandecentes ainda que concretos de Fuseli[32].

Uma das concepções fantasmagóricas de meu amigo, não possuindo um espírito abstrato tão rígido, pode ser esboçada, mesmo que fragilmente, por meio de palavras. Um pequeno quadro apresentava o interior de um longo e retangular mausoléu ou túnel, com paredes baixas, uniformes, brancas, sem suspensão ou qualquer mecanismo. Alguns pontos acessórios do desenho serviam bem para transmitir a ideia de que essa escavação ficava a uma grande profundidade abaixo da superfície da terra. Nenhuma saída era observada em nenhuma parte de sua vasta extensão, nenhuma tocha nem outra fonte artificial de luz era discernível, embora uma torrente de intensos raios penetrasse e banhasse tudo num esplendor horripilante e incômodo.

Eu acabei de falar daquela condição mórbida do nervo auditivo que tornava toda música intolerável para o doente, com exceção de certos efeitos de instrumentos de cordas. Eram, talvez, os estreitos limites aos quais ele, assim, se restringia ao violão, o que fez nascer, em grande medida, a fantástica natureza de sua performance. Mas a facilidade

---

32 Henry Fuseli, ou Johann Heinrich Füssli, foi um pintor suíço do século XVIII.

fervorosa de sua improvisação não podia ser explicada. Deve ter sido, e foi, nas notas, assim como nas palavras de suas loucas fantasias (pois ele com frequência estava acompanhado de improvisações verbais rimadas), a origem do resultado da imensa tranquilidade mental e concentração à qual eu previamente aludi como observável apenas em momentos específicos do mais alto artificial entusiasmo. As letras de uma dessas rapsódias eu lembrei com facilidade. Eu fui, talvez, o mais forçosamente impressionado por ela, enquanto ele a tocava, porque, na tendência subjacente ou mística de seu significado, imaginei que percebi, pela primeira vez, uma completa consciência da parte de Usher, do aspecto cambaleante de sua nobre razão sobre o trono dela. Os versos, que se intitulavam *O Palácio Assombrado*, eram bem próximos (se não exatos) a isto:

I

No mais verde dos vales
Morada de anjos generosos
Um belo e imponente palácio
Erguia sua cabeça, grandioso.

E lá ficou
No mais soberano domínio
Nunca um serafim voou
Sobre edifício nem de longe tão apolíneo

II

Estandartes amarelos, gloriosos, dourados,
Sobre seu teto flutuavam e ondulavam
(Isso, tudo isso, num tempo passado
É onde essas lembranças ficavam)
E um ar suave soprava
Naquele dia agradável,
Sobre o parapeito emplumado e pálido pairava
Um odor detestável.

III

Viajantes pelo vale feliz andavam,
Por duas janelas luminosas, viram

Espíritos que à música se movimentavam
E às regras de um bem afinado alaúde obedeciam,
Ao redor de um trono onde, sentado,
O herdeiro
Em estado de glória bem adequado
Governante do reino a público veio.

IV

Com pérolas e rubis a reluzir
Estava a bela porta do palácio
Pela qual começaram a surgir, surgir, surgir,
Com brilho violáceo
Um grupo de ninfas se dedicando ao trabalho com destreza
Que consistia em cantar
Em vozes de transcendente beleza
A esperteza e sabedoria do rei e o exaltar.

V

Mas a maldade, em manto de tristeza,

Assaltou a soberana propriedade
(Ah, lamentemos, pois nunca que a tristeza
Deve de sua solidão compreender a vontade!)
E ao redor de sua casa a glória
Que um dia floresceu
Não passa agora de vaga memória
De um passado que já morreu.

VI

Naquele vale, agora os viajantes,
Por janelas de luzes avermelhadas
Veem vastas formas, que se movem tremulantes
Ao som de melodias mal-arranjadas,
Enquanto jaz um rio sagaz e horripilante,
Pela porta de cor rala
Uma abominável multidão segue errante
E ri, mas o sorriso se cala.

Eu me lembro bem que sugestões emergindo dessa balada nos guiaram por uma trilha de pensamento de onde ficou manifesta uma opinião de Usher que eu menciono não

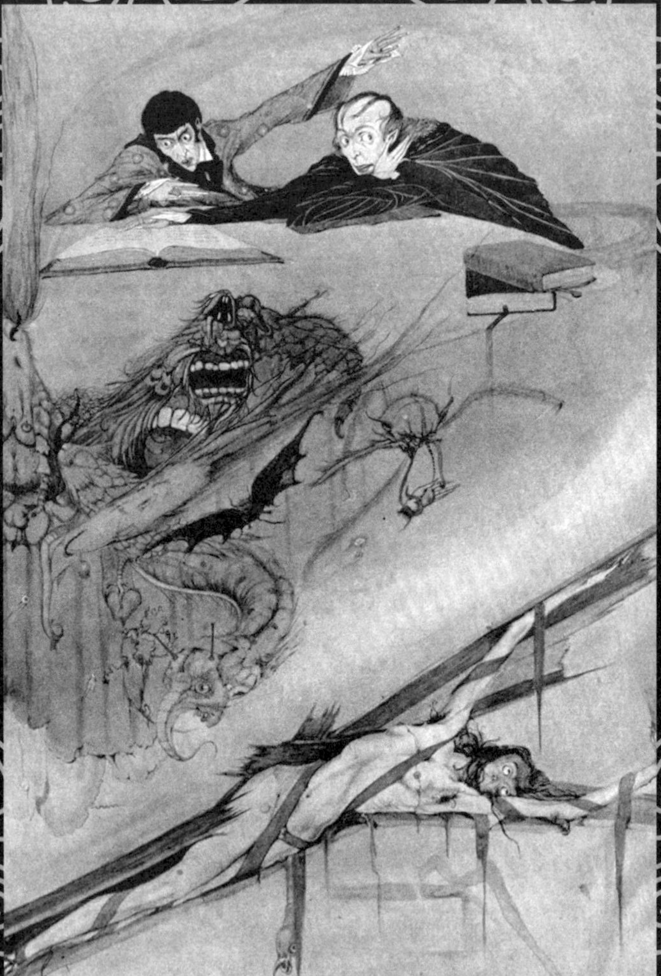

por seu aspecto de novidade, pois outros homens[33] pensaram assim, mas como um relato da pertinácia com que ele a manteve. Essa opinião, de forma geral, dizia que todos os vegetais são sensíveis. Mas, em sua maneira desordenada, a ideia assumiu uma natureza mais audaciosa e atingiu, em algumas condições, o reino das coisas inorgânicas. Me faltam palavras para expressar a totalidade, ou o mais sério abandono de sua convicção. Essa crença, todavia, era relacionada (como suspeitei previamente) às pedras cinzentas do lar de seus antepassados. As condições dessa sensibilidade estiveram aqui, ele imaginou, concretizadas no método de colocação dessas pedras – na ordem em que foram arranjadas, assim como nos muitos fungos ali espalhados, nas árvores em decomposição que circundavam – acima de tudo, na longa resistência imperturbável desse arranjo, e na sua reprodução nas águas paradas do lago. Sua prova – a prova dessa sensibilidade – seria vista, ele disse (e aqui eu comecei a falar) na atmosfera gradual embora um pouco condensada que cercava as águas e os muros. O resultado podia ser verificado, ele acrescentou, naquele silêncio, ainda que inoportuno e terrivelmente influente por séculos ao moldar os destinos de sua família, e ao torná-lo o que eu vejo que é agora – o

---

33 Watson, Dr. Percival, Spallanzani e, especialmente, o bispo de Landaff. Ver Chemical Essays, volume V. [N.T.: Richard Watson (1737-1816), químico inglês e bispo de Landaff. James Gates Percival (1795-1856), poeta e geólogo norte-americano. Lazzaro Spallanzani (1729-1799), sacerdote e naturalista Italiano.]

que era. Tais opiniões não precisam de comentários, e eu não farei nenhum.

Nossos livros – os livros que, por anos, formaram não uma pequena parte da existência mental do inválido – estavam, como era de se supor, em conformidade com a natureza do fantasma. Nos debruçamos juntos sobre tais trabalhos, como *Vert Vert* e a epístola *La Chartreuse*; *Belphegor*, de Maquiavel; *Céu e Inferno*, de Swedenborg; *Viagem Subterrânea de Nils Klimm*, de Holberg; *Quiromancia*, de Robert Flud, Jean d'Indaginé e De la Chambre; *Jornada às Distâncias Azuis*, de Tieck; e *Cidade do Sol*, de Campanella. Um volume favorito era uma pequena edição de *Directorium Inquisitorium*, do padre dominicano Eymerico de Gerona; e havia passagens em Pomponius Mela[34] sobre os velhos sátiros africanos e os egipãs[35], sobre as quais Usher se debruçaria sonhando por horas. Seu maior deleite, no entanto, se concentrava na leitura de um excessivamente raro e curioso livro gótico, o manual de uma igreja esquecida, *Vigiliae Mortuorum Seculum Chorum Ecclesiae Maguntinae*.

---

34 Jean Baptiste Louis Gresset (1709-1777), poeta e dramaturgo francês; Nicolau Maquiavel (1469-1527), político e escritor italiano; Emanuel Swedenborg (1688-1772), cientista e filósofo sueco; Ludvig Holberg (1684-1754), escritor dinamarquês; Robert Flud (1574-1637), médico inglês; Jean d'Indaginé é a grafia francesa para Johannes Indagine, pseudônimo de Johann von Hagen (1415-1475), escritor alemão; Marin Cureau de la Chambre (1596-1669) médico francês; Ludwig Tieck (1773-1853), escritor alemão; Tommaso Campanella (1568-1639), filósofo italiano; Nicolás Eymerico (1320-1399), teólogo espanhol; Pomponius Mela (séc. I d.C.), geógrafo latino.
35 Na mitologia grega, eram centauros com corpo de cabra, em vez de cavalo.

Não pude evitar pensar no estranho ritual desse trabalho e de sua provável influência sobre o hipocondríaco, quando, numa noite, ao me informar repentinamente sobre o passamento de *lady* Madeline, ele declarou sua intenção de guardar o corpo por duas semanas (até seu enterro), em uma das numerosas urnas que havia dentro dos muros do edifício. O propósito mundano, entretanto, atribuído a esse singular procedimento era um que eu não me sentia no direito de questionar. O irmão foi levado a essa decisão (assim ele me disse) ao considerar a natureza inusitada da doença que a vitimou, por meio de investigação ousada e impulsiva por parte dos médicos e devido à situação remota e exposta do cemitério da família. Não negarei que quando me lembrei do sinistro rosto da pessoa que eu encontrei na escada, no dia da minha chegada à casa, eu não tinha nenhuma vontade de resistir ao que eu considerei, na melhor das hipóteses, uma precaução inofensiva e de forma alguma artificial.

A pedido de Usher, pessoalmente o ajudei nas providências para o sepultamento temporário. Após ter colocado o corpo no caixão, sozinhos nós dois o levamos até seu descanso. A urna em que o depositamos (que havia ficado tanto tempo fechada que nossas lanternas, meio sufocadas em sua atmosfera opressiva, nos deu pouca oportunidade de observação) era pequena, úmida e não oferecia nenhuma possibilidade de admitir a entrada de luz, ficando, bem profundo, imediatamente sob aquela parte do prédio em que ficavam meus aposentos. Aparentemente ela havia sido usada, em tempos feudais muito antigos, para os piores fins pelo guardião da torre de menagem e, tempos depois, como um depósito de pólvora, ou alguma outra substância altamente combustível, já que uma parte de seu chão e todo o interior de um longo arco, pelo qual a alcançávamos, foi cuidadosamente banhada em cobre. A porta, de ferro maciço, também foi do mesmo modo protegida. Seu peso incalculável causava um som agudo e áspero, quando ela se movia sobre suas dobradiças.

Tendo depositado nosso fardo fúnebre sobre cavaletes nessa área de horror, nos viramos para a ainda desenroscada tampa do caixão, e olhamos para o rosto da sua ocupante. Uma semelhança impressionante entre o irmão e a irmã chamava minha atenção, e Usher, talvez adivinhando meus pensamentos, murmurou algumas palavras das quais entendi que ele e a falecida haviam sido irmãos gêmeos, e que a solidariedade de natureza pouco inteligível sempre existira entre eles. Nossos olhares, contudo, não se demoraram muito sobre a falecida – já que não podíamos observá-la sem espanto. A doença que a levara no auge de sua juventude deixou, como é comum em moléstias de natureza estritamente cataléptica, um deboche de um tênue rosado em seu colo e sua face, e em seus lábios, aquele leve sorriso desconfiadamente persis-

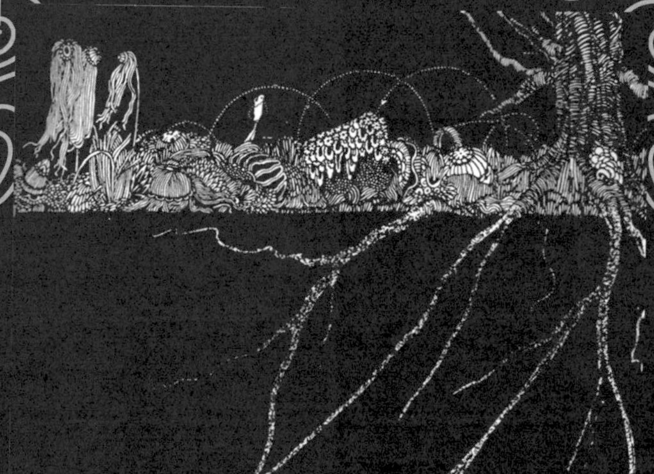

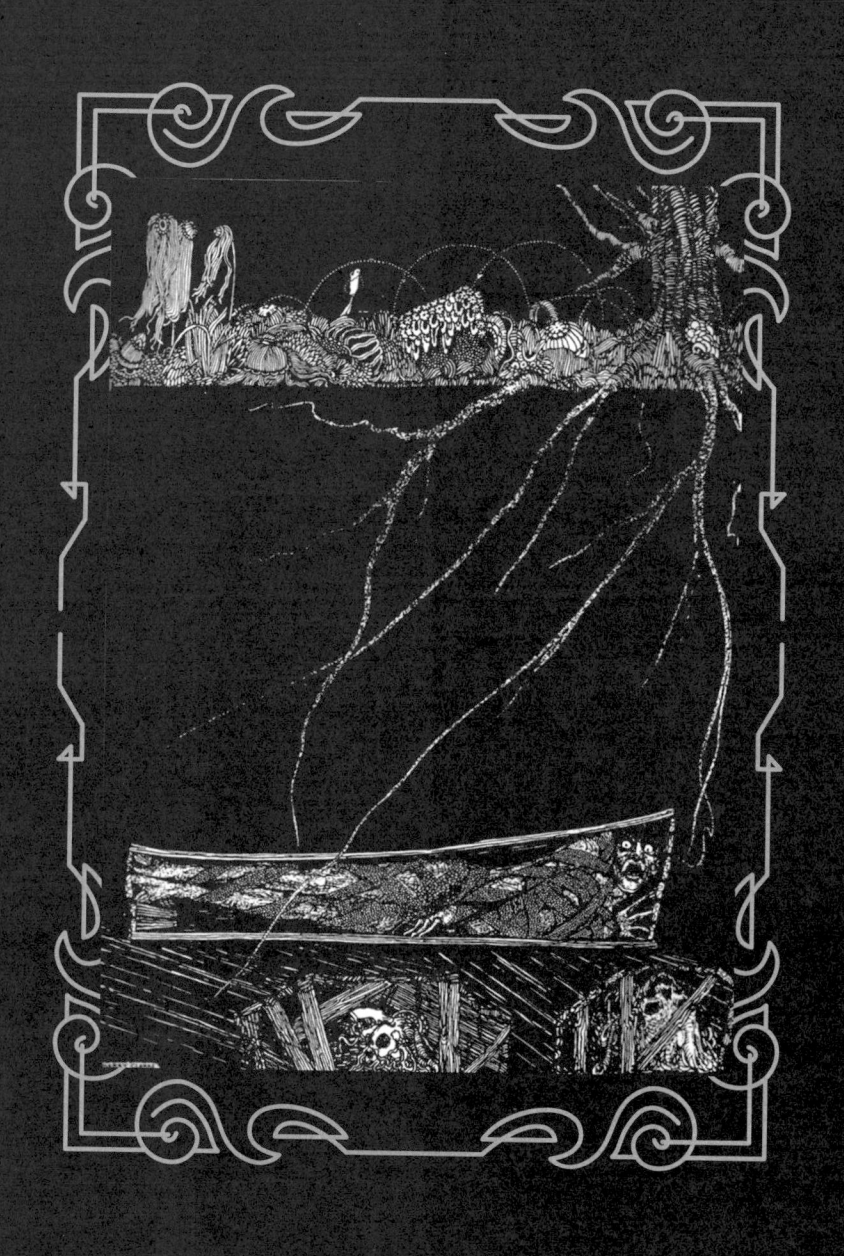

tente que é tão terrível na morte. Ajustamos e parafusamos a tampa, e após nos certificarmos de que a porta de ferro estava seguramente fechada, retomamos nosso caminho, com esforço, dentro dos pouco menos sombrios compartimentos da parte superior da casa.

E agora, alguns dias de amarga tristeza tendo se passado, uma notável mudança tomou a aparência do distúrbio mental do meu amigo. Suas maneiras triviais desapareceram. Suas ocupações comuns foram negligenciadas e esquecidas. Ele perambulava de um cômodo para outro a passos apressados, irregulares e sem rumo. A palidez de seu rosto havia assumido, se é que isso era possível, um matiz ainda mais horrendo – mas a luminescência de seus olhos havia se apagado completamente. A então ocasional rouquidão de sua voz não foi mais ouvida; e um tremor, como que de extremo terror, era o que agora caracterizava sua fala. Havia momentos, de fato, em que eu pensei que a incessante agitação de sua mente estava matutando com algum segredo opressor, que para revelar ele necessitaria de uma dose de coragem. Em alguns momentos, novamente, eu acabava obrigado a atribuir tudo a caprichos inexplicáveis da loucura, pois eu o pegava fitando o vazio por horas, em uma atitude de profunda atenção, como se ouvisse sons imaginários. Não era de se admirar que essa condição me aterrorizava – que até me infectava. Eu sentia um calafrio, vagaroso, mas certeiro, influências desenfreadas de suas próprias fantásticas, ainda que impressionantes, superstições.

    Foi especialmente ao me deitar tarde na sétima ou oitava noite após ter colocado *lady* Madeline na torre de menagem que eu experimentei a força total dessas sensações. O sono não foi uma companhia, enquanto a noite se arrastava. Eu lutei para controlar o nervosismo que havia me dominado. E me esforcei para acreditar que tudo aquilo que eu sentia se devia a uma desconcertante influência da sombria mobília do quarto – as escuras e gastas cortinas, que adquiriam movimento com o aproximar da tempestade, oscilavam por todas as paredes e sussurravam inconstantemente por toda a decoração da cama. Mas meus esforços foram em vão. Um tremor irrepreensível gradualmente invadiu meu corpo e, finalmente, se alojou sobre meu coração um espírito de inquietação completamente infundado.

    Tentando me livrar dele com uma arfada e com dificuldade, me levantei dos travesseiros e, emergindo da intensa escuridão do quarto, pude ouvir – não sei por que, apenas que um espírito instintivo me incitou – certos barulhos baixos e indefinidos que vinham, pelas pausas da tempestade, em longos intervalos, embora eu não soubesse de onde. Dominado por um intenso sentimento de horror, inexplicável e insuportável, vesti minhas roupas com pressa (senti que não devia mais dormir naquela noite) e me esforcei para sair da condição lamentável em que me encontrava através de passos rápidos pelo quarto.

Dei algumas voltas no quarto desse jeito, quando um suave passo na escada contígua chamou minha atenção. Eu reconheci como sendo Usher. Um instante após ele bateu na porta com um toque suave e entrou, segurando uma lanterna. Sua face, como de costume, estava cadavericamente pálida – além do mais, havia uma espécie de hilaridade raivosa em seus olhos –, uma histeria evidentemente contida em seu comportamento como um todo. Sua aparência me aterrorizou – mas qualquer coisa era preferível à solidão que eu vinha suportando, então até recebi sua presença como um alívio.

— Você não viu? – ele disse abruptamente, depois de ter me encarado por um tempo em silêncio. – Então você não viu? Mas fique! Você vai ver!

Depois de dizer isso e atenuar sua lanterna, ele correu para um dos caixilhos e o abriu para a tempestade. A fúria impetuosa da rajada que entrou quase nos levantou do chão. Apesar da tempestade, fazia uma noite muito bonita, muito singular em seu terror e em sua beleza.

Aparentemente, um redemoinho reuniu sua força na nossa vizinhança, pois havia alterações violentas e frequentes na direção do vento a todo momento; e a densidade excessiva das nuvens (que pendiam tão baixo como se pressionando as torres da casa) não nos impediu de perceber a velocidade realística com que elas galopavam umas contra as outras, sem sumir no horizonte. Eu disse que mesmo sua densidade excessiva não nos impediu de perceber isso. Entretanto, não se podia ter nenhuma visão nem da Lua nem das estrelas – nem havia nenhum brilho de relâmpago. Mas a superfície inferior das imensas massas de névoa, assim como todos os objetos nos cercando, brilhavam à luz irreal tenuemente luminosa de uma exalação gasosa claramente visível, que pairava e encobria a mansão.

— Você não deve... Você não pode olhar isso! – disse a Usher, tremendo, enquanto o conduzia, com uma força gentil, da janela para a poltrona. – Essas aparições, que te causam tristeza, são simplesmente fenômenos elétricos bastante comuns, ou talvez eles tenham uma horrorosa origem na pestilência grosseira do lago. Fechemos os caixilhos. O ar está gelado e é perigoso para sua saúde. Este é um dos seus romances favoritos. Eu irei lê-lo e você irá ouvir. Assim, passamos o restante dessa noite terrível juntos.

O livro antigo que eu havia pegado era *Irmandade de Loucos*, de *sir* Launcelot Canning[36], mas eu me referi a ele

---

36 Tanto o livro quanto o autor são invenções de Poe.

como um preferido de Usher mais como uma brincadeira do que seriamente, pois, na verdade, há pouco em sua prolixidade inculta e fantasiosa que pudesse ter sido de interesse da imaginação elevada e espiritual do meu amigo. Era, contudo, o único livro imediatamente à mão, e eu alimentei uma vaga esperança de que o entusiasmo que agora agitava o hipocondríaco encontrasse alívio (já que a história de distúrbios mentais é cheia de anomalias semelhantes) mesmo na extremidade da loucura que eu deveria ler. Se eu tivesse podido, de fato, julgar com base no ar de vivacidade exagerada com que ele ouvia, ou aparentemente ouvia, as palavras da história, eu poderia ter me parabenizado pelo sucesso da minha intenção.

Eu tinha chegado àquela parte bem conhecida da história em que Ethelred, o herói da irmandade, tendo almejado em vão ser pacificamente admitido na morada do ermitão, acaba por se fazer entrar à força. Aqui, lembro-me bem, a narrativa é assim:

"E Ethelred, que tinha um coração corajoso por natureza, e que era agora poderoso, afinal, devido ao poder do vinho que ele havia bebido, não esperou mais para negociar com o eremita que, na verdade, era por sua vez obstinado e malicioso. Mas, sentindo a chuva sobre seus ombros e temendo o avanço da tempestade, ergueu seu cetro de uma vez e, com estocadas, abriu espaço rapidamente no entabuamento da porta para sua mão enluvada; e agora com uma tal força rachou, rompeu e a rasgou em pedaços e o barulho seco e oco se fez ouvir e reverberou por toda a floresta".

Ao final dessa sentença, eu comecei e, por um momento, pausei, pois pareceu para mim (embora eu tivesse concluído de uma vez que meu devaneio exacerbado havia me traído) – pareceu para mim que, de algum lugar bem remoto na mansão, chegava aos meus ouvidos o que deve ter sido, devido à natureza muito similar, o eco (duro e monótono, com certeza) do exato som de romper e rachar que *sir* Launcelot tão particularmente descreveu. Foi, sem sombra de dúvida, a coincidência por si só que chamou minha atenção, pois em meio ao barulho das faixas dos caixilhos e os simples ruídos misturados da tempestade que ainda avançava, o som, em si, não tinha nada, com certeza, que interessaria ou perturbaria. Continuei a história:

"Mas o herói Ethelred, agora entrando pela porta, estava ferido, enfurecido e assustado e não percebeu nenhum sinal do maldoso ermitão; em vez disso, havia um dragão de escamoso e prestigioso comportamento, e língua ferina, que guardava a entrada do palácio de ouro, com pavimento de prata; sobre o muro havia um escudo de brilhante metal com a seguinte legenda escrita:

Aquele que entrar aqui conquistador será;
Aquele que matar o dragão o escudo ganhará.

E Ethelred ergueu seu cetro e atacou a cabeça do dragão, que caiu diante dele, dando fim ao seu bafo pestilento com um áspero e horrível grito, ainda assim, muito estridente, que Ethelred se contentou em tapar os ouvidos com suas mãos para protegê-lo do pavoroso barulho, tal qual nunca fora ouvido".

Aqui eu parei novamente de repente, e agora com uma sensação de total espanto, pois não havia dúvida de que dessa vez eu ouvia (embora fosse impossível precisar de qual direção) um grito ou som dissonante muito inusitado, baixo e aparentemente distante, mas áspero e prolongado – o equivalente exato ao que meu devaneio já havia evocado pelo grito artificial do dragão como descrito pelo romancista.

Oprimido, como eu certamente estava, diante da ocorrência dessa segunda e mais extraordinária coincidência, por mil sensações conflitantes, nas quais espanto e terror extremo eram predominantes, eu ainda consegui ter presença de espírito para evitar alvoroço, diante do observado, da parte do meu companheiro. Eu tinha certeza de que ele havia notado os sons em questão, embora, seguramente, uma estranha alteração tenha ocorrido, nos últimos minutos, em seu comportamento. De uma posição de frente para mim, ele posicionou sua cadeira de forma que ela ficasse face a face com a porta do quarto; assim, pude parcialmente perceber suas feições: seus lábios tremiam como se ele estivesse murmurando incompreensivelmente. Sua cabeça havia caído sobre seu peito, mas eu sabia que ele não estava dormindo, pois os olhos estavam bem abertos quando tive um vislumbre de seu perfil. O movimento do corpo, também, diferia completamente disso, pois ele fazia um balanço de lado a lado de forma constante e suave. Após notar essa situação rapidamente, retomei a narrativa de *sir* Launcelot, que prosseguia assim:

"E agora, o herói, tendo escapado da terrível fúria do dragão, refletindo sobre o escudo de bronze e a quebra do encanto que recaía sobre ele, removeu a carcaça de seu caminho e se aproximou do pavimento prateado do castelo que tinha o escudo na parede; este, na verdade, não esperou a total aproximação de Ethelred e lhe caiu aos pés no chão de prata, com um som poderoso e dramático".

Assim que essas palavras saíram pelos meus lábios – como se um escudo de metal tivesse de fato naquele momento caído com força sobre o chão de prata –, notei uma reverberação distinta, seca, metálica e estridente, ainda que abafada. Completamente desalentado, me pus de pé, mas o balançar calculado de Usher estava imperturbado.

Corri até a poltrona onde ele se sentava. Seus olhos olhavam fixamente e em toda sua face reinava uma rigidez pétrea. Porém, quando eu posei minha mão sobre seu ombro, um tremor vindo do corpo todo chegou até o ombro; um sorriso fraco estremecia em seus lábios, e eu vi que ele falou baixo, apressado e incompreensivelmente, como se alheio à minha presença. Curvando-me para perto dele, finalmente absorvi o sentido de suas hediondas palavras.

— Você não escuta? Sim, eu escuto. E eu escutei. Muito, muito, muito tempo – por muitos minutos, muitas horas, muitos dias eu ouvi, e mesmo assim não tive coragem – ó, tenha piedade de mim, miserável que sou! – não ousei, não ousei falar! Eu a coloquei viva no caixão! Não havia falado que meus sentidos eram agudos? Pois te digo agora que eu escutei seus primeiros mínimos movimentos no caixão. Eu os escutei muitos, muitos dias atrás. E eu não tive coragem de falar! E agora, esta noite, Ethelred, ah, ah, ao arrombar a porta do ermitão, e o grito de morte do dragão, e o clangor do escudo! Eles falavam, ao invés, do abrir a tampa do caixão dela, do ranger do ferro nas dobradiças de sua prisão, de sua luta dentro do arco de cobre do túmulo! Ó, para onde devo fugir? Ela não estará aqui dentro em pouco? Ela não está vindo correndo me repreender por ter me apressado em colocá-la lá? Não ouvi seus passos na escada? Não distingui a batida pesada e horrível de seu coração? Louco!

Nesse momento, ele se levantou furiosamente e gritou essas palavras como um esforço para entregar sua alma:

— Louco! Estou dizendo que ela está do outro lado da porta!

Foi como se na energia sobre-humana de sua fala tivesse sido encontrada uma magia – as enormes e velhas portas para as quais ele apontava vagarosamente recolheram, no mesmo instante, suas pesadas e negras mandíbulas. Foi resultado na rajada de vento – mas então surgiu a figura nobre e coberta na mortalha de *lady* Madeline Usher. Havia sangue sobre suas vestes e evidência de uma luta amarga sobre cada parte de sua macilenta figura. Por um momento, ela ficou tremendo e cambaleando sem parar no umbral. Em seguida, com um grito lamuriento, caiu pesadamente para dentro por sobre o irmão, e em suas agonias violentas e derradeiras, arrastou-o para o chão consigo, já um cadáver, vítima dos terrores que ele havia antecipado.

Fugi horrorizado daquele recinto e daquela mansão. A tempestade ainda reinava lá fora com toda sua fúria enquanto eu me via cruzando o antigo passadiço. De repente, brilhou uma luz forte ao longo do caminho, virei-me para observar de onde poderia vir o clarão tão inusitado, pois o casarão e suas sombras eram só o que havia atrás de mim. A irradiação vinha da lua cheia, avermelhada, que agora brilhava vividamente da fissura que antes mal era percebida, da qual falei antes que descia do teto da construção, em ziguezague, em direção à base. Enquanto eu olhava, a fissura rapidamente se abriu – de onde veio um violento sopro de redemoinho – e toda a órbita do satélite irrompeu de uma vez diante de meus olhos. Meu cérebro vacilava enquanto eu via os muros se desfazendo em pedaços. Houve um som de gritos tumultuosos como vozes de milhares de correntes de água, e o profundo e úmido lago aos meus pés se fechou silenciosa e taciturnamente sobre os destroços da Casa de Usher.

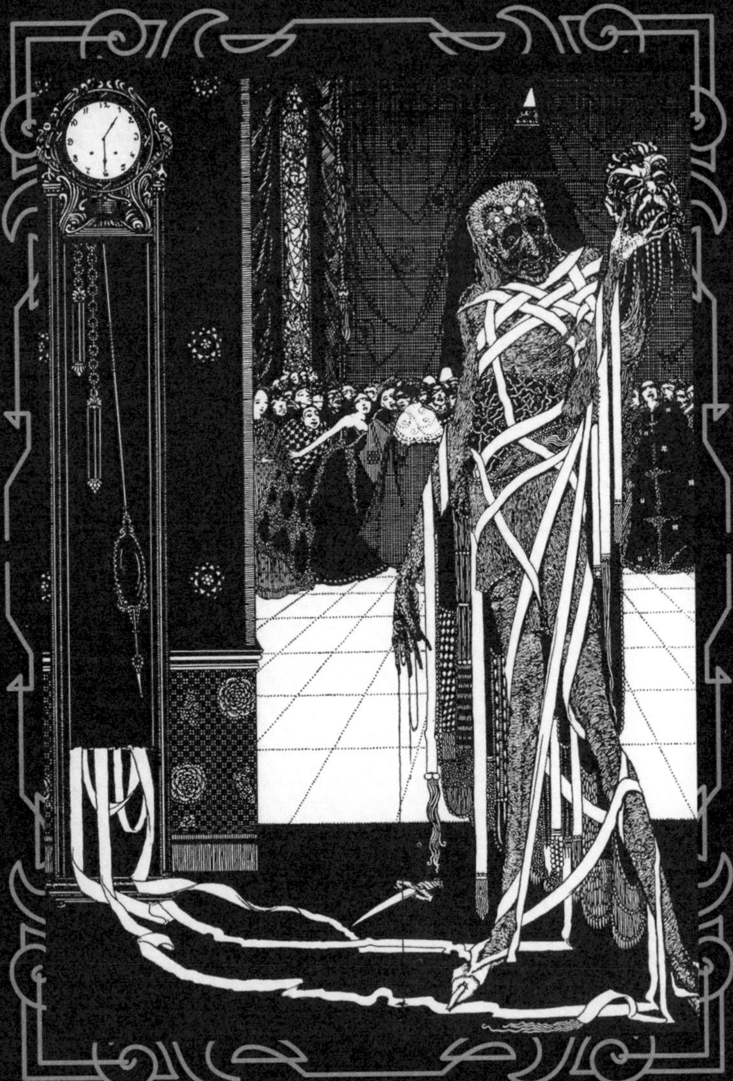

A MÁSCARA DA MORTE ESCARLATE

A Morte Escarlate havia devastado o país por muito tempo. Nenhuma outra peste fora tão fatal, ou tão hedionda. Sangue era o seu avatar e seu certificado – a vermelhidão e o horror do sangue. Havia dores agudas e tonturas repentinas, além de sangramentos profusos pelos poros, com aniquilação. As manchas escarlates sobre o corpo e especialmente sobre a face da vítima eram a maldição da peste que a isolavam da ajuda e da solidariedade de seus companheiros. E a completa tomada, progresso e declínio da doença eram acontecimentos que se davam em meia hora.

Mas o príncipe Próspero era feliz, intrépido e sagaz.

Quando suas terras perderam metade da população, ele convocou à sua presença mil aliados sãos e despreocupados dentre cavalheiros e damas de sua corte e com esses se retirou para uma completa reclusão em uma de suas abadias acasteladas. Era uma estrutura extensa e magnífica, criação do gosto excêntrico e augusto do próprio príncipe. Um muro alto e forte a circundava. Esse muro possuía portões de ferro.

Os cortesãos, ao entrar, levaram fornalhas e pesados martelos e soldaram os parafusos. Decidiram não deixar brecha nem para entrar nem para sair diante de impulsos repentinos de desespero ou frenesi. A abadia foi amplamente provida. Com tais precauções os cortesãos queriam evitar o contágio. O mundo externo poderia cuidar de si mesmo. No entanto, era tolice lamentar ou ponderar. O príncipe providenciou todas as formas de lazer. Havia palhaços, *improvisatori*[37], dançarinas de balé, músicos, beleza e vinho. Tudo isso e segurança estavam do lado de dentro. Do lado de fora estava a Morte Escarlate.

Foi por volta do quinto ou sexto mês de reclusão, um momento em que a peste rugia violentamente do lado de fora, que o príncipe Próspero resolveu entreter seus mil aliados em um baile de máscara da mais inusitada magnificência.

---

37 *Improvisatori* eram grupos de poetas de improvisação italianos que surgiram no século XIV e desapareceram no século XIX.

Era uma cena voluptuosa aquele monte de máscaras. Mas, primeiramente, deixe-me falar sobre os recintos em que foi realizado o baile. Havia sete – uma suíte imperial. Em muitos palácios, todavia, tais suítes formam uma vista comprida e reta, enquanto as portas sanfonadas se retraem até as paredes de ambos os lados, fazendo com que a vista de toda a extensão seja minimamente obstruída. Aqui o caso era bem diferente, como deve ter sido esperado devido ao gosto do duque pelo bizarro. Os cômodos eram dispostos de forma tão irregular que a visão que se tinha era de não mais que um por vez. Havia uma curva acentuada a cada vinte ou trinta[38], e a cada curva um novo efeito. Para a direita e para a esquerda, no meio de cada parede, uma alta e estreita janela gótica dava para um corredor fechado que acompanhava a sinuosidade da suíte. Essas janelas tinham vitrais cujas cores variavam de acordo com o tom predominante da decoração do cômodo para o qual elas se abriam. Aquele na extremidade leste, por exemplo, era azul – e azuis eram suas janelas. O segundo cômodo tinha seus enfeites e tapetes em roxo – roxas também eram as vidraças. O terceiro era todo verde, assim como os caixilhos. O quarto era decorado e iluminado em laranja; o quinto, em branco; e o sexto, em violeta. O sétimo cômodo era fielmente envolto em cortinas

---

38 Uma jarda equivale a aproximadamente 91 centímetros.

de veludo negro que pendiam do teto parede abaixo, caindo em pesadas dobras sobre carpete de mesmo material e tom. Mas nesse quarto apenas a cor das janelas não correspondia à decoração. As vidraças eram escarlates – cor de sangue profundo. Mas em nenhum dos sete cômodos havia lanterna ou candelabro, em meio à profusão de ornamentos dourados que se espalhavam por toda a parte ou pendiam do teto. Luz de nenhuma espécie emanava de qualquer luminária ou vela dentro do conjunto de aposentos. Mas nos corredores que seguiam o conjunto havia, oposto a cada janela, um pesado tripé, segurando um braseiro de fogo que protegia seus raios pelo vidro pintado e de forma bastante ofuscante iluminava o recinto. E assim uma panóplia de espalhafatosas e fantásticas imagens era produzida. Mas no lado oeste ou no cômodo negro o efeito do fogo que fluía sobre a decoração escura das vidraças pintadas cor de sangue o efeito era horrivelmente extremo, que poucos dos convidados eram corajosos o suficiente para lá pisar.

Era nesse cômodo, também, que ficava sobre a parede oeste um gigantesco relógio de ébano. Seu pêndulo oscilava com um ruído enfadonho, pesado e monótono; e quando o ponteiro do minuto dava a volta completa e ia soar a hora, dos pulmões de bronze do relógio vinha um som que era claro, alto, profundo e excessivamente musical, mas de uma nota tão peculiar e enfática que, a cada badalada de hora, os músicos da orquestra se obrigavam a pausar momentaneamente sua performance para ouvir o som. E, assim, os valsistas forçosamente interrompiam seu desenvolvimento.

Havia um breve constrangimento entre os alegres companheiros, e enquanto os sinos do relógio ainda tocavam, era possível observar que quem tinha mais vertigem ficava pálido, e os mais velhos e calmos passavam suas mãos na cabeça como se estivessem em confuso devaneio ou contemplação. Mas, quando os ecos tinham cessado completamente, uma leve risada invadiu a reunião de uma vez; os músicos se entreolharam e sorriram como se de sua própria tolice e nervosismo, e sussurraram um para o outro, para que o próximo soar dos sinos do relógio não produzisse neles emoção similar. Assim, depois de se passarem sessenta minutos (que abarcava três mil e seiscentos segundos de tempo que voa), veio outro soar dos sinos, e o mesmo constrangimento, tremor e contemplação de antes.

Mas, apesar disso, foi uma diversão alegre e magnífica. Os gostos do duque eram peculiares. Ele ignorava a decoração de natureza simples. Ele levava jeito com cores e efeitos. Seus planos eram ousados e impetuosos, e suas concepções se iluminavam com um brilho bárbaro. Alguns o considerariam louco. Era necessário ouvi-lo e vê-lo e tocá-lo para ter certeza de que ele não era.

Ele direcionou, em grande parte, a decoração dos sete cômodos tendo em vista essa grande festa; e foram suas próprias preferências que atribuíram personalidade aos mascarados. Pode ter certeza de que eles eram grotescos. Havia muita luz, brilho, malícia e fantasmagoria – muito do qual em voga desde *Hernani*[39]. Havia figuras arabescas com membros e acessórios inadequados. Havia fantasias delirantes como a de um louco. Havia muito do belo, do arbitrário, do bizarro, algo de terrível, e não pouco do que pode ter provocado repugnância. Por toda a parte nos sete cômodos perambulavam, na verdade, uma profusão de sonhos. E esses – os sonhos – retorciam-se, tomando para si os matizes dos quartos, e fazendo com que a extravagante música da orquestra parece ecos de seus passos. E, em pouco tempo, soaria o relógio de ébano sobre a parede do quarto de veludo. E então, por um momento, tudo está calmo, e tudo está silencioso, exceto o som do relógio. Os sonhos estavam paralisados. Mas os ecos dos sinos se enfraqueceram – não duraram mais que um instante – e uma leve, meio contida risada pairou no ar após o cessar dos badalos. E agora novamente a música aumenta, e os sonhos revivem e se agitam mais alegremente que nunca, absorvendo os matizes das muitas janelas coloridas pelas quais passam raios vindos dos tripés. Mas para

---

39 Referência à peça de Victor Hugo, autor francês do século XIX.

o aposento mais a oeste, não há nenhum mascarado agora que se aventurou; a noite já está avançando e uma luz mais rubra vem pelas vidraças de cor de sangue; a negrura das cortinas de zibelina aterroriza; e para aquele cujo pé pisa no carpete de zibelina, um badalar abafado vem de perto do relógio de ébano, mais solenemente enfático do que qualquer um que chegue aos ouvidos que se aquiescem na mais remota vivacidade dos outros recintos.

Mas esses outros quartos estavam densamente povoados, e o coração da vida lá pulsava febrilmente. A diversão não parava até finalmente bater meia-noite no relógio. Então, a música cessou, como já disse; e o desenvolvimento dos valsistas se aquietou; havia uma supressão inquieta de todas as coisas, assim como antes. Mas agora eram doze badaladas no sino do relógio; e assim pode ser que talvez mais pensamentos tenham se infiltrado na contemplação dos mais pensativos entre os que se divertiam. Também foi talvez assim que aconteceu de, antes que o último eco do último sino repousasse em silêncio, muitos indivíduos terem notado no meio da multidão a presença de uma figura mascarada que não havia chamado a atenção de ninguém até então. Rumores de sua presença se espalharam pelos salões, fazendo surgir por fim entre todos os presentes um burburinho, ou murmúrio, expressando desaprovação ou surpresa – então, finalmente, de terror, horror e de repulsa.

Num encontro de fantasmas tal qual eu descrevi, pode muito bem ser suposto que nenhuma aparição comum poderia ter causado tal sensação. Na verdade, a permissão para as máscaras naquela noite era praticamente ilimitada: mas a figura em questão havia superado Herodes[40] e ido além das fronteiras do decoro mesmo do príncipe. Há nervos nos corações dos mais inquietos que não poderiam ser tocados sem emoção. Mesmo o completamente perdido, para quem vida e morte são igualmente chistes, de fato, parecia agora sentir profundamente que nas vestimentas e no comportamento do estranho nem perspicácia tampouco decência existiam. A figura era alta e esquelética e envolvido da cabeça aos pés em indumentárias propícias ao sepulcro. A máscara que escondia o rosto foi feita para se assemelhar muito de perto ao semblante endurecido de um cadáver que um escrutínio mais de perto teria tido dificuldades em detectar a fraude. E ainda assim tudo isso deve ter sido tolerado, se não aprovado, pelos loucos foliões presentes. Mas o mascarado foi longe o suficiente para assumir o papel da Morte Escarlate. Suas vestes estavam salpicadas de sangue – e sua cabeça, com todas as características da face, estava borrifada com o horror rubro.

---

40 Também conhecido como Herodes I, ou Herodes, o Grande, foi um edomita judeu romano do século I a.C., que era tido como um "louco" por assassinar a própria família e muitos rabinos.

Quando os olhos do príncipe Próspero recaíram sobre essa imagem espectral (que com um lento e solene movimento, como se para sustentar seu papel, se moveu em meio aos valsistas) ele pareceu ter uma convulsão, a princípio com um tremor tanto de terror quanto de repúdio, mas no momento seguinte ficou vermelho de raiva.

— Quem ousa? – ele perguntou com a voz rouca entre os cortesãos em pé próximos a ele. Quem ousa nos insultar com essa gozação blasfema? Peguem-no e tirem-lhe a máscara, assim saberemos quem devemos pendurar no parapeito quando o Sol nascer.

Foi no quarto azul do lado leste que o príncipe Próspero estava ao proferir essas palavras. Elas soaram por todos os sete aposentos em alto e bom som, já que o príncipe era um homem arrojado e robusto, e a música foi diminuindo ao acenar de sua mão. Era no quarto azul que o príncipe estava com um grupo de cortesãos ao seu lado. Primeiramente, enquanto ele falava, havia um leve tumulto entre esse grupo na direção do intruso, que estava muito perto, e agora com passo majestoso, aproximou-se de quem falava.

Mas com um espanto inominável que gerou loucas suposições sobre o mascarado em meio ao grupo, não se encontrava ninguém que se propusesse a agarrá-lo. Sendo assim, desimpedido, ele passou a uma jarda de distância do príncipe, e enquanto o vasto grupo, como num impulso, se encolheu do centro do recinto para as paredes, ele percorreu seu caminho sem ser interrompido, mas com o mesmo passo calculado e solene que o havia distinguido do primeiro, do quarto azul até o roxo, do roxo ao verde, do verde ao laranja, deste ao branco, e de lá para o violeta, antes que um movimento planejado fosse feito para o prender. Foi então, contudo, que o príncipe Próspero, enlouquecido de raiva e de vergonha de sua covardia momentânea, correu pelos seis cômodos, enquanto ninguém o seguia devido ao terror mortal que se aproximava, em rápido ímpeto, a três ou quatro pés do fugitivo, quando este, tendo atingido a extremidade do quarto de veludo, virou-se de repente e confrontou seu perseguidor. Ouviu-se um grito agudo – e a adaga caiu brilhando sobre o carpete de zibelina, sobre o qual imediatamente após também despencou morto o príncipe Próspero.

Então, convocando uma coragem alucinada pelo desespero, uma multidão de foliões se jogou de uma vez dentro do quarto negro e, agarrando o mascarado, cuja figura alta permanecia ereta e imóvel sob a sombra do relógio de ébano, ficaram mudos diante do terror impronunciável ao constatar que a mortalha e a máscara de cadáver, que eles manusearam com tanta indelicadeza, não continham nenhuma forma tangível.

E agora foi reconhecida a presença da Morte Escarlate. Ela entrou como um ladrão à noite, e um a um abateu os foliões nos salões ensanguentados de seu júbilo, e morreu cada um na desesperadora posição de sua queda. A vida do relógio de ébano se extinguiu com aquela última alegria. E as chamas dos tripés espiraram. A escuridão, a decadência e a Morte Escarlate tiveram domínio ilimitado sobre tudo.

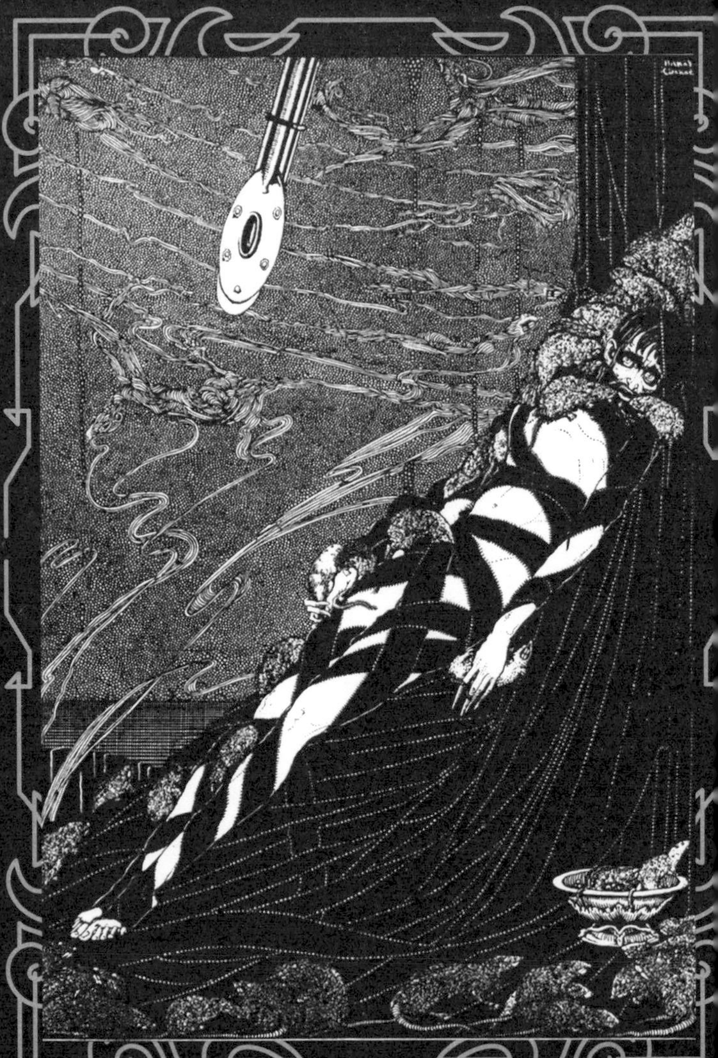

O POÇO E O PÊNDULO

O grupo ímpio de torcionários alimentava as suas longas fúrias do sangue dos inocentes e não ficava satisfeito. Agora, que a pátria está salva, o antro da morte foi destruído, onde era a terrível morte, surgirá a vida e a saúde.[41]

---

[41] Versos originalmente compostos em latim para adornar a porta de um mercado que seria erigido no local onde funcionou o antigo Clube dos Jacobinos, em Paris.

Eu estava doente, doente a caminho da morte em longa agonia, e quando eles finalmente me desamarraram e eu tive permissão para me sentar, senti que meus sentidos me abandonavam. A sentença – a pavorosa sentença de morte – foi o último pronunciamento nítido que chegou aos meus ouvidos. Depois daquilo, o som das vozes inquisitórias parecia se unir em um único zumbido onírico e indistinguível. Levou até minha alma a ideia de rotação – talvez por sua associação com a rebarba da roda do moinho. Foi assim por pouco tempo; depois não ouvi mais. Embora, por um tempo, eu visse – e com que terrível exagero! Eu vi os lábios dos juízes vestidos de preto. A mim pareciam brancos – mais brancos que a folha sobre a qual eu traço estas linhas – e magros ao nível do grotesco; magros com a intensidade de sua expressão de firmeza – de decisão irrevogável –, do austero vilipêndio da tortura humana. Eu vi que os decretos do que para mim era destino estavam ainda saindo de seus lábios. Eu os vi retorcer com o veredito mortal. Eu os vi pronunciar as sílabas do meu nome e estremeci porque nenhum outro som sucedeu. Vi, também, por alguns momentos de horror delirante, o suave e quase imperceptível balançar das cortinas de zibelina que cobriam as paredes do recinto. E então minha visão recaiu sobre as sete velas altas sobre a mesa. A princípio, elas tinham o aspecto de caridade, e pareciam anjos alvos e esguios que iriam me salvar; mas, então, de uma vez, uma náusea letal se abateu sobre meu espírito, e senti cada fibra do meu corpo se emocionar como se eu tivesse tocado os fios de uma bateria galvânica, enquanto as formas angelicais se transformavam em fantasmas sem significado algum, com chamas na cabeça, e percebi que deles não viria ajuda alguma. E então furtivamente se acomodou na minha imaginação, como uma rica nota musical, a ideia de que no túmulo deve haver um descanso agradável.

Essa ideia surgiu delicada e dissimuladamente, pareceu longa até ter alcançado atenção completa; mas assim que minha alma finalmente pode propriamente sentir e distraí-la, as imagens dos juízes desapareceram, como por mágica, de diante de mim; as altas velas sucumbiram no nada; suas chamas se apagaram completamente; a negrura da escuridão foi o que se seguiu; todas as sensações parecem ter sido engolidas numa louca e rápida queda da alma ao Hades[42]. Então veio o silêncio, e a calmaria, a noite era o universo.

Eu havia desmaiado, mas não diria que estivera desprovido de toda a consciência. O que dela lá permaneceu não tentarei definir, nem mesmo descrever; embora não estivesse toda perdida. No sono mais profundo – não! No delírio – não! Num desmaio – não! Na morte – não! Mesmo no túmulo tudo

---

42 Na mitologia grega, é o Deus do mundo inferior, ou dos mortos.

não está perdido. Aliás, não há imortalidade para o homem. Acordando do sono mais profundo, quebramos a teia que conduz algum sonho. E num segundo depois (tão frágil deve ser essa teia), não lembramos que sonháramos. No retorno à vida após o desmaio, há dois estágios: primeiro, de sentido mental ou espiritual; depois, de um sentido físico, de existência. Parece provável que, ao atingir o segundo estágio, poderíamos recordar as impressões do primeiro, poderíamos considerar essas impressões eloquentes nas memórias do abismo que há além. E esse abismo é... qual?

Como, pelo menos, poderíamos distinguir suas sombras daquelas do túmulo? Mas se as impressões do que eu chamei de primeiro estágio não são arbitrariamente relembradas, depois de longo intervalo, elas não viriam espontaneamente enquanto nos admiramos do lugar de onde elas vêm? Aquele que nunca desmaiou não encontra palácios estranhos ou rostos muito familiares em brasas que reluzem; não é ele que contempla tristes visões que pairam no ar que a maioria não vê; não é ele que reflete sobre o perfume de uma nova flor – não é ele cujo cérebro fica desnorteado com o significado de alguma cadência musical que nunca antes havia chamado sua atenção.

Em meio a esforços frequentes e cuidadosos para lembrar, em meio às mais sérias lutas para reunir algum sinal do estado de inexistência no qual minha alma tinha se afundado, houve momentos em que sonhei com sucesso; houve breves, muito breves períodos quando eu evoquei lembranças que a lucidez dos últimos tempos me assegurou que eu poderia ter tido referência apenas àquela condição de inconsciência.

Essas sombras de memória falam, indistintamente, de figuras altas que me levantavam e me seguravam em silêncio, e depois para baixo, para baixo – até que uma tontura hedionda me oprimia diante da simples ideia de uma interminável descida. Elas também falam de um vago horror no meu coração, por causa dessa quietude artificial no meu coração. E então vem um senso de repentina imobilidade, que toma conta de tudo, como se os que me carregavam (um séquito sinistro!) tivesse ultrapassado, em sua descida, os limites do inesgotável e feito uma pausa de seu trabalho fastidioso. Depois disso, me ocorreu algo plano e úmido – a loucura de uma memória que se ocupa de coisas proibidas.

Muito de repente minha alma foi inundada de movimento e som – o movimento tumultuoso do coração e, em meus ouvidos, os sons de sua pulsação. Então, uma pausa, em que era tudo vazio. Depois, som de novo, e movimento, e toque – uma sensação de dormência invadindo meu corpo. Então, a mera consciência de existência, sem nenhum pensamento – uma condição que durou muito. Em seguida, muito repentinamente, pensamento, e um terror estremecido, esforço enorme para entender meu real estado. Na sequência, um forte desejo de incorrer na inconsciência. Assim, vieram uma rápida revitalização da alma e um bem-sucedido esforço para me mover. Agora, a lembrança completa do julgamento, dos juízes, do desmaio. E depois total esquecimento de tudo que se seguiu; de tudo que um dia mais tarde e com esforço muito maior consegui vagamente me lembrar.

Até então, eu não havia aberto os olhos. Senti que me deitava de costas, desamarrado. Estiquei a mão e ela caiu pesadamente sobre algo úmido e duro. Assim sofri para permanecer por muitos minutos, enquanto me empenhava em imaginar onde eu poderia estar. Almejei, embora não tivesse ousado empregar a visão. Temi o primeiro olhar para objetos que me cercassem. Não que eu tivesse medo de olhar para coisas horríveis, mas me chocava descobrir que não havia nada para ver. Finalmente, com um indomado desespero no coração, rapidamente abri os olhos. Meus piores pensamentos, então, se confirmaram. A negrura da noite eterna me envolveu. Me esforcei para respirar. A intensidade da escuridão parecia me oprimir e me asfixiar. A atmosfera estava intoleravelmente abafada. Ainda deitava quieto e me esforçava para raciocinar. Recordei os procedimentos inquisitórios e tentei, a partir daí, entender minha real condição. A sentença havia sido proferida, e parecia que um longo intervalo de tempo havia se passado. Embora nem por um momento eu supus que estivesse morto. Tal dedução, não obstante o que lemos na ficção, está completamente improcedente diante da real existência. Mas onde e em qual estado me encontrava? O condenado à morte, eu sabia, perecia normalmente nos autos da fé[43], e um desse tinha ocorrido bem na noite do meu julgamento. Havia sido preso provisoriamente em um calabouço a fim de esperar o próximo sacrifício, que demoraria meses para acontecer? De cara, percebi que não era esse o caso. As vítimas eram exigidas ininterruptamente. Além do mais, meu calabouço, assim como as celas de outros condenados em Toledo, tinha chão de pedra e a luz não estava de todo apagada.

Uma ideia horrível agora de repente fazia meu sangue correr para meu coração e, por um breve período, mais uma vez perdi a consciência. Ao me recuperar, me levantei de uma vez, tremendo convulsivamente em cada parte do meu corpo. Movi os braços com avidez para cima e para os lados, em todas as direções. Não senti nada; mas temia dar um passo, para que não topasse com as paredes de um túmulo. Suor saía de cada poro meu e grandes gotas se acumularam na minha testa. A agonia do suspense crescia de forma intolerável e eu, com precaução, andei para a frente, com meus braços

---

43 Rituais de penitência pública de hereges e apóstatas que ocorreram durante a Inquisição, na Idade Média.

estendidos e meus olhos quase saltando das cavidades, na esperança de captar algum tímido raio de luz. Prossegui por muitos passos, mas tudo ainda estava escuro e vazio. Respirei com mais tranquilidade. Parecia que meu destino não era, pelo menos, dos mais hediondos.

Agora, enquanto eu continuava a andar para a frente cuidadosamente, minha memória se encheu de mil rumores vagos dos horrores de Toledo. Dos calabouços histórias estranhas haviam sido narradas – eu sempre as havia considerado fábulas –, embora muito estranhas e bastante sinistras para serem repetidas, exceto num sussurro. Havia eu sido deixado nesse muito subterrâneo de escuridão para morrer de fome, ou que destino ainda mais temível me aguardava? Conhecendo muito bem a natureza dos meus juízes, não duvidava que o resultado fosse a morte, ou uma morte mais do que comumente amarga. Quando e como era o que mais ocupava ou distraía minha mente.

Minhas mãos estendidas finalmente encontraram alguma obstrução sólida. Era uma parede, aparentemente de pedra talhada – bem uniforme, viscosa e fria. A percorri, pisando com toda a desconfiança cuidadosa que certas narrativas antigas me ensinaram. Esse processo, no entanto, não me proporcionou maneiras de assegurar as dimensões da minha masmorra, pois devo ter feito todo o circuito e voltado ao ponto de onde parti, sem ter me dado conta disso, de tão perfeitamente uniforme que era a parede. Assim, procurei pela faca que havia estado em meu bolso, quando fui levado à câmara inquisitória, mas já não estava mais lá. Minhas roupas haviam sido trocadas por um invólucro áspero de sarja. Eu tinha pensado em enfiar a lâmina em alguma fissura da parede para determinar meu ponto de partida.

A dificuldade, contudo, era apenas trivial; embora, na desordem da minha fantasia, pareceu a princípio insuperável. Rasguei um pedaço da bainha da vestimenta e coloquei o fragmento de tecido estendido em ângulo reto com a parede. Ao tatear os limites da minha prisão, era impossível não encontrar esse trapo após completar o circuito. Então, pelo menos, pensei: eu não havia contado com a extensão do calabouço nem com minha própria fraqueza. O chão estava úmido e escorregadio. Cambaleei para a frente por algum tempo, quando tropecei e caí. Meu cansaço excessivo me induziu a ficar prostrado, e o sono logo tomou conta de mim quando eu me deitei.

Quando acordei e estiquei um braço, encontrei ao meu lado um pedaço de pão e uma jarra com água. Estava exausto demais para refletir sobre essa circunstância, mas comi e bebi com avidez. Logo em seguida, retomei o passeio pela minha prisão, e com muito trabalho, finalmente, cheguei ao pedaço de tecido. Até o momento em que caí, eu havia contado cinquenta e dois passos, e depois de retomar minha caminhada, contei mais quarenta e oito, quando cheguei ao pedaço de pano. No total, então, eram cem passos e, se dois passos dão uma jarda, julguei que minha masmorra tinha cinquenta jardas[44] em circunferência. Eu havia encontrado, todavia, muitos ângulos na parede, e assim não pude chegar a uma conclusão quanto ao formato da cripta – pois isso era o que supunha onde estava.

Eu não tinha nenhum objetivo e essas incursões não alimentavam esperanças, mas uma vaga curiosidade me motivava a seguir com elas. Deixando a parede, resolvi cruzar a área do claustro. A princípio, segui com extrema precaução, pois o chão, embora parecesse de material sólido, era traiçoeiro, cheio de limo. Finalmente, no entanto, tomei coragem, e não hesitei em pisar firme, me esforçando para cruzar em linha mais reta possível. Eu havia avançado uns dez ou doze passos desse jeito, quando vestígios do pedaço de tecido se enroscaram em minhas pernas. Pisei neles e caí violentamente de cara.

Na confusão que acompanhou minha queda, não compreendi de imediato a circunstância meio inusitada que, uns segundo depois, e enquanto eu permanecia deitado, chamou minha atenção. Era assim: meu queixo estava sobre o chão da prisão, mas meus lábios e a parte superior da minha ca-

---

44 Ver nota 38.

beça, embora parecendo menos elevadas que o queixo, em nada encostavam. Ao mesmo tempo, minha testa parecia banhada em pegajoso vapor, e o peculiar odor de fungos em decomposição invadiu minhas narinas. Coloquei meu braço à frente e o balancei para descobrir que eu havia caído à beira de um poço circular, cuja extensão, claro, eu não tinha a menor condição de verificar naquele momento. Tateando a parede logo abaixo da margem, acabei deslocando um pequeno fragmento que caiu no abismo. Durante muitos segundos eu ouvi as reverberações de sua colisão contra as laterais do fosso durante sua descida; finalmente, ouve um amuado mergulho na água, seguido de altos ecos. Ao mesmo tempo, houve um som semelhante a uma rápida abertura e rápido fechamento de uma porta acima, enquanto um tímido raio de luz brilhou de repente pela escuridão, tão rápido quanto desapareceu.

Claramente enxerguei o destino que havia sido reservado para mim e me parabenizei pelo oportuno acidente de que fez me escapar. Mais um passo antes da minha queda e o mundo não me veria mais. A morte que acabara de ser evitada era daquela típica natureza que eu havia considerado fabulosa e frívola nas histórias a respeito da Inquisição. Às vítimas de sua tirania, havia a escolha de morte com agonias físicas as mais terríveis, ou morte com os maiores e mais hediondos terrores morais. Eu havia sido designado ao último tipo. Devido ao sofrimento prolongado, meus nervos tinham estado debilitados, até que eu tremesse ao som da minha própria voz, e tivesse me tornado em todos os aspectos o objeto ideal para a espécie de tortura que me esperava.

Com cada membro tremendo, tateei meu caminho de volta para a parede, decidindo que era melhor lá definhar do que arriscar os terrores dos poços, que minha imaginação visualizava em várias posições dentro do calabouço. Em outras condições mentais, eu poderia ter tido coragem de pôr um fim no meu sofrimento de uma vez e mergulhar em um desses abismos, mas agora eu era o maior dos covardes. Nem poderia esquecer o que já li sobre esses poços – que a imediata extinção da vida não fazia parte de seus planos.

A agitação da alma me manteve acordado por longas horas, mas finalmente adormeci. Ao acordar, encontrei do meu lado, como antes, um pão e um jarro d'água. Uma sede ardente me consumia, e esvaziei o jarro de uma vez. Devia conter algum remédio, pois mal terminei de tomar, me senti irresistivelmente sonolento. Um sono pesado se abateu sobre mim – como o sono da morte. Quanto tempo durou, claro, não sei; mas quando, novamente, abri os olhos, os objetos em minha volta estavam visíveis. Devido a um forte brilho sulfuroso, cuja origem eu não podia determinar, pude ver a extensão e o aspecto da prisão.

Quanto ao tamanho, eu tinha errado grandemente. O perímetro completo de suas paredes não excedia vinte jardas. Por alguns minutos, esse fato me encheu de preocupações fúteis – fúteis, de fato! –, pois o que poderia ter menos importância, diante das circunstâncias em que eu me encontrava, do que a mera dimensão da minha masmorra? Mas minha alma tinha um forte interesse nas coisas banais, e me ocupei em me esforçar para dar conta do erro que havia cometido na minha medida.

A verdade, afinal, se estampou diante de minha face. Na minha primeira tentativa de explorar o local, eu contei cinquenta e dois passos, até o momento em que caí; eu devia estar a cerca de um ou dois passos do pedaço de tecido; na verdade, eu havia quase percorrido o perímetro todo do recinto. Então, dormi, e, após acordar, devo ter voltado no percurso, criando, assim, a ideia de que o perímetro era quase o dobro do que na realidade.

Minha confusão mental me impediu de observar que eu comecei o passeio com a parede à minha esquerda, e terminei com ela à direita.

Eu me enganara, também, com relação ao formato do confinamento. Enquanto caminhava, havia encontrado vários ângulos, e assim tive uma impressão de grande irregularidade, tão potente era o efeito da escuridão total sobre uma pessoa acordando da letargia ou do sono! Os ângulos eram simplesmente os de umas poucas leves reentrâncias, ou nichos, ou intervalos estranhos. O formato geral da prisão era quadrado. O que eu havia considerado pedra talhada parecia agora ser ferro, ou algum outro metal, em enormes placas, cujas emendas e articulações ocasionavam as reentrâncias. A superfície toda desse recinto metálico estava rudemente adornada com emblemas oriundos da superstição dos monges. As imagens de demônios em posição de ameaça, com formas de esqueletos, e outras imagens realmente mais amedrontadoras, se espalhavam e desfiguravam as paredes. Notei que os contornos dessas monstruosidades eram suficientemente nítidos, mas que as cores pareciam apagadas e borradas, como resultado de umidade no ar. Agora notei também o chão, que era de pedra. No centro se escancarava o circular poço de cujas mandíbulas eu havia escapado; mas era o único no calabouço. Tudo isso eu consegui ver não muito nitidamente e com bastante esforço, pois minha condição havia mudado enormemente durante o sono. Agora, estou deitado de costas, todo esticado, sobre uma espécie de estrado baixo. A ele eu estava seguramente amarrado com uma tira longa parecendo uma correia. Ela dava muitas voltas em meus membros e meu corpo, deixando livres apenas minha cabeça e meu braço esquerdo, com o qual podia, com muita persistência, alcançar comida em um prato de barro colocado ao meu lado no chão. Vi, para o meu horror, que o jarro de água havia sido retirado. Digo para meu horror, porque eu me consumia em uma insuportável sede. Essa sede parecia ter sido estimulada pelos meus perseguidores, já que a comida no prato era uma carne mordazmente temperada.

Olhei para cima a fim de perscrutar o teto da minha prisão. Ficava a cerca de trinta ou quarenta pés do chão e foi construído muito como as paredes. Em uma de suas placas, uma imagem muito singular captou minha total atenção. Era a figura pintada do Tempo como ele é comumente representado, exceto que, no lugar de uma foice, ele segurava o que eu supus, a uma simples olhada, ser um enorme pêndulo tal qual se via em antigos relógios. Havia algo, todavia, na aparência dessa máquina que me fez olhá-la mais atentamente.

Enquanto eu observava diretamente (pois sua posição era exatamente acima de mim), eu a imaginei ter visto se mexer. Um instante depois, minha imaginação se confirmou. Seu oscilar foi breve e, claro, devagar. Eu o observei por alguns minutos, de certa forma com medo, mas mais com admiração. Cansado, ao final, de observar seu monótono movimento, me voltei a outros objetos na cela. Um leve ruído atraiu minha atenção e, olhando para o chão, vi várias enormes ratazanas atravessando-o. Elas haviam brotado do poço, que ficava à minha direita. Então, enquanto eu as observava, elas vieram em bando, apressadas, com olhos famintos, atraídas pelo cheiro da carne. Por isso, foi preciso muito esforço e atenção para espantá-las.

Deve ter levado meia hora, talvez até uma hora (pois minha noção de tempo era imprecisa), antes que eu mirasse meu olhar para cima novamente. O que eu vi me confundiu e surpreendeu. O oscilar do pêndulo havia aumentado sua extensão em quase uma jarda. Como consequência natural, sua velocidade também estava bem maior. Mas o que mais me perturbou foi a noção de que ele tinha perceptivelmente baixado. Agora eu observava – com horror, é desnecessário dizer – que sua extremidade inferior era formada de uma meia-lua de aço cintilante, de cerca de um pé em largura de ponta a ponta; as pontas para cima, e a borda inferior evidentemente tão afiada quanto uma navalha. Como uma navalha também, ela parecia maciça e pesada, desde a beirada afiada até a estrutura acima, mais sólida e larga. Estava anexada a uma pesada haste de metal, e o conjunto todo sibilava enquanto balançava no ar.

Não era mais possível duvidar do destino preparado para mim em termos de tortura nem que eu possuísse uma ingenuidade monástica. Meu conhecimento sobre o poço se tornou evidente para meus agentes inquisitórios – o poço, cujos horrores haviam sido destinados para aqueles não con-

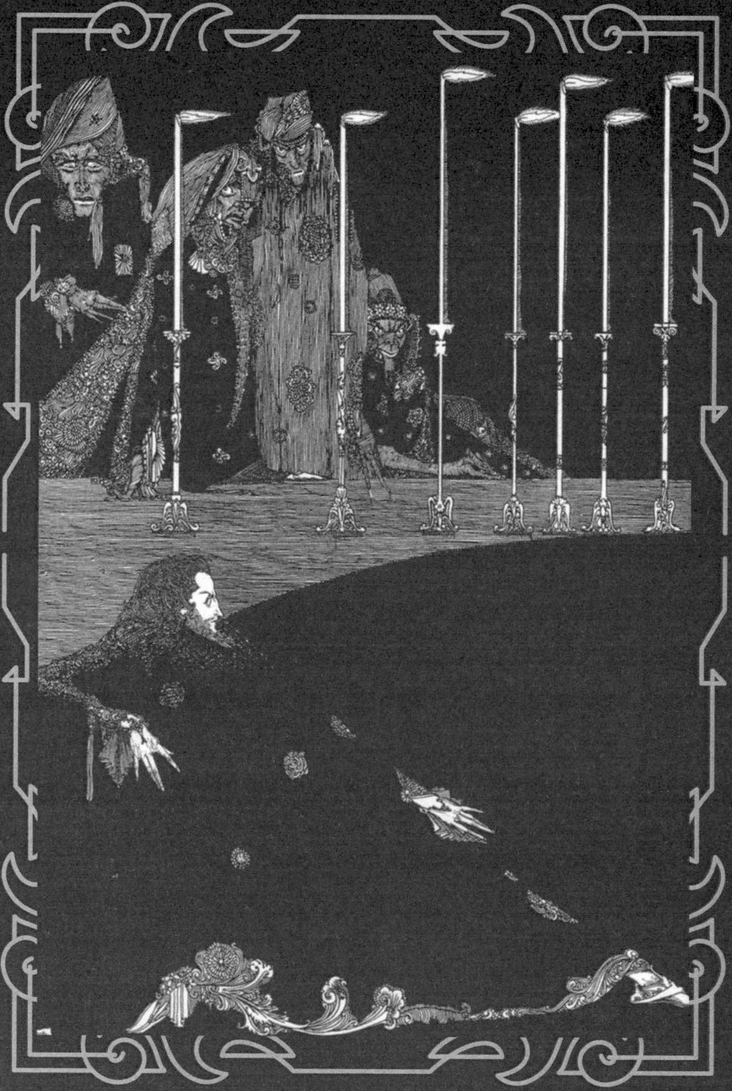

formistas tão ousados quanto eu –, o poço, típico do inferno, cuja fama era de ser a *Ultima Thule*[45] de todas as punições. O mergulho nesse poço eu havia evitado pelo mais simples dos acidentes; eu sabia que aquela surpresa, ou armadilha de tortura, consistia em importante parte de todo o grotesco que há nesses calabouços da morte. Quando evitei a queda, deixou de ser parte do plano do demônio me lançar no abismo e, assim, não havendo nenhuma outra alternativa, uma forma de destruição diferente e mais suave esperava por mim. Mais suave! Sorri em agonia ao pensar no uso desse termo.

De que vale falar das longas, longas horas de terror mais do que mortais, durante as quais eu contei as apressadas vibrações do aço! Polegada por polegada, risca a risca, com a descida apenas perceptível a intervalos que pareciam eras – para baixo ele vinha! Dias se passaram – devem ter sido vários dias – antes que oscilasse tão perto a ponto de me abanar com seu hálito acre. O odor do aço afiado penetrava minhas narinas. Eu rezava – cansei os céus com minhas preces por uma descida mais acelerada. Fiquei freneticamente louco e forcei meu corpo para cima ao encontro do balançar da cimitarra. E então, de repente, uma calmaria me abateu,

---

45 Expressão latina que designa a última fronteira do mundo conhecido. Poe usa essa metáfora para dizer que o poço era o que havia de mais terrível em termos de tortura.

e permaneci deitado sorrindo para a cintilante morte, como uma criança diante de alguma quinquilharia rara.

Houve outro intervalo de inconsciência, mas foi breve, pois quando acordei para a vida novamente não havia corrido nenhuma perceptível descida do pêndulo. Por outro lado, pareceu longa, pois soube que os demônios notaram meu desmaio e poderiam ter parado a vibração de propósito. Depois que me recuperei, também, me senti muito, inexplicavelmente enjoado e fraco, como se tivesse vindo de um longo período de inanição.

Mesmo em meio às agonias do momento, a natureza humana deseja comida. Com esforço doloroso, estiquei minha mão esquerda tão longe quanto as amarras permitiam, e peguei os pequenos restos que foram deixados pelas ratazanas. Ao colocar uma porção na boca, meus pensamentos foram tomados por uma rápida ideia de alegria, de esperança. Mas o que eu tinha a ver com esperança? Como eu disse, foi uma rápida ideia – é comum não se concretizarem. Senti que era de alegria, de esperança; mas também senti que a ideia se esvaneceu antes de se formar completamente. Em vão, lutei para aperfeiçoá-la, recuperá-la. Esse longo sofrimento havia quase aniquilado todas as minhas simples forças mentais. Eu era um imbecil – um idiota.

A vibração do pêndulo ocorria em ângulos retos com

o meu comprimento. Vi que a meia-lua estava desenhada para cruzar a região do meu coração. Ela rasgaria a sarja das minhas vestes – retornaria e repetiria suas operações inúmeras vezes. Apesar do terrivelmente extenso oscilar (cerca de trinta pés ou mais) e do vigor sibilante de sua descida, suficiente para rachar essas paredes de ferro, ainda o rasgar das minhas vestes seria tudo que, por alguns minutos, ela conseguiria executar. E essa ideia me fez pausar. Não ousei ir além dessa reflexão. Insisti nela com a pertinácia da atenção como se, ao fazer isso, eu pudesse parar a descida da lâmina. Me forcei a considerar o som da lâmina enquanto cruzasse a indumentária – a peculiar sensação alucinante que a fricção do tecido produziria nos nervos. Considerei toda essa frivolidade até ficar muito perturbado.

Para baixo, regularmente ela se arrastava. Senti um prazer frenético em contrastar a velocidade de sua descida com a de seus movimentos laterais. Para a direita, para a esquerda, por toda parte – com o grito de um espírito condenado; em direção ao meu coração, com o ritmo furtivo do tigre! Alternadamente, ri e ouvi conforme uma ou outra ideia predominava.

Para baixo – certamente, inexoravelmente para baixo! Ela vibrava a três polegadas do meu peito! Lutei violentamente, furiosamente, para libertar meu braço esquerdo. Ele estava livre apenas do cotovelo até a mão, que eu poderia trazer do prato ao meu lado até minha boca com muito esforço, mas não mais que isso. Se eu conseguisse romper a amarração acima do cotovelo, eu tentaria parar o pêndulo. Eu teria tentado parar uma avalanche!

Para baixo – firme, sem parar – inevitavelmente para baixo! Arfei e lutei com cada vibração. Me encolhi convulsivamente a cada oscilação. Meus olhos seguiam seus rodopios para fora e para cima com a avidez do mais insignificante desespero; eles se fechavam espasmodicamente durante a descida, embora a morte tivesse sido um alívio, ó, inenarrável! Eu ainda tremia em cada nervo ao pensar que não era necessário mais que um leve afundar do equipamento para precipitar o afiado e reluzente cutelo sobre o meu peito. Era esperança que motivava o nervo a tremer, o corpo a se encolher. Era esperança – a esperança que triunfa sobre a tortura, que sussurra ao condenado à morte mesmo nas masmorras da Inquisição.

Pude ver que dez ou doze vibrações trariam a lâmina em contato real com minhas vestes, e com essa observação de repente se apossou do meu espírito toda a empenhada e reunida calma do desespero. Pela primeira vez durante muitas horas – ou talvez dias – eu pensei. Me ocorreu agora que a bandagem ou correia que me envolvia era única. Não havia partes separadas. O primeiro golpe da navalha em qualquer direção a desataria fazendo com que eu conseguisse a desenrolar do meu corpo mediante o uso da minha mão esquerda. Mas que medo dava, nesse caso, a proximidade do aço! O resultado da menor disputa seria mortal! Seria provável, também, que os lacaios do meu torturador não tivessem previsto nem tornado factível essa possibilidade! Seria plausível que a bandagem cruzasse meu peito no caminho do pêndulo? Temendo ver frustrada a minha fraca e, ao que parecia, última esperança, levantei minha cabeça para ter uma clara visão do meu peito. A correia envolvia meus membros e corpo em todas as direções – exceto no local por onde passaria da navalha destruidora.

Mal havia deitado minha cabeça para trás em sua posição original, quando tive um lampejo do que não poderia melhor descrever do que como uma ideia meio elaborada da libertação à qual me referi previamente, e da qual uma parte apenas flutuava indeterminadamente no meu cérebro enquanto eu levava comida aos meus lábios ardentes. Agora o pensamento como um todo estava presente – frágil, não muito são, não muito definido –, mas ainda assim completo. Prossegui de uma vez, com a energia nervosa do desespero, para tentar sua execução.

Por muitas horas, o entorno da baixa estrutura sobre

a qual eu me deitava havida sido literalmente infestado de ratazanas. Elas eram violentas, ousadas, estavam famintas; seus olhos luziam para mim como se elas esperassem pelo momento em que eu não me mexesse mais para fazerem de mim sua presa.

— A que tipo de comida – pensei – estavam acostumadas no poço?

Elas devoraram, apesar dos meus esforços para impedir, todos o resto da comida que estava em meu prato, salvo uma pequena porção. Fiquei acostumado a um movimento de abanar as mãos acima do prato e, por fim, sua uniformidade inconsciente acabou deixando de surtir efeito. Em sua voracidade, os vermes com frequência cravavam suas presas nos meus dedos. Com os pedaços da comida oleosa e apimentada que agora sobrava eu esfreguei a bandagem por tudo onde eu alcançasse. E, então, erguendo minha mão do chão, me deitei ofegantemente.

A princípio, os famintos animais ficaram surpresos e assustados com a mudança – a cessão do movimento. Eles se encolheram para trás; muitos procuraram o poço. Mas isso durou apenas um momento. Não fora em vão que eu considerara sua voracidade. Observando que eu permanecia imóvel, um ou dois dos mais audaciosos pularam sobre a estrutura em que me encontrava e cheiraram a correia. Isso pareceu um sinal para uma corrida geral. Vindo direto do poço eles se apressaram como em tropas. Se agarraram à madeira, a invadiram e saltaram em centenas sobre mim. O movimento calculado do pêndulo não os incomodou. Evitando suas investidas, eles se ocuparam com a bandagem molhada da comida. Eles pressionaram – me atacaram em pilhas. Se contorceram sobre minha garganta; seus lábios frios procuraram os meus; eu estava quase rígido pela pressão de sua aglomeração; um nojo, para o qual o mundo não tem nome, invadiu meu peito, e esfriou, com uma pesada viscosidade, meu coração. Mais um minuto, e eu senti que a luta teria acabado.

Claramente, percebi a bandagem se afrouxando. Sabia que em mais de um lugar ela poderia já estar despedaçada. Recorrendo a esforços sobre-humanos, me mantive imóvel.

Nem errei em meus cálculos, nem aguentei em vão. Finalmente, percebi que estava livre. A correia pendia do meu corpo em laços. Mas as investidas do pêndulo já pressionavam acima do meu peito. A sarja das vestes já tinha sido cortada, assim como a roupa que usava por baixo. Ele balançou duas vezes de novo, e uma sensação aguda de dor atingiu meus nervos. No entanto, a hora de escapar havia chegado. Abanei a mão e meus libertadores saíram correndo em tumulto. Com um movimento firme – cauteloso, lateral, contraído e lento – escorreguei do abraço da bandagem para baixo do alcance da cimitarra. Por enquanto, pelo menos, eu estava livre.

Livre! E ao alcance da Inquisição! Mal havia pisado fora da hedionda cama de madeira no chão de pedra da prisão, quando o movimento do aparato infernal cessou e eu o contemplei ser detido por uma força invisível através do teto. Essa foi uma lição que aprendi dolorosamente. Cada movimento meu era indubitavelmente observado.

Livre! Eu acabara de escapar da morte sob uma forma de agonia para cair em outra ainda pior. Esse pensamento me fez correr os olhos agitadamente sobre as barreiras de ferro que me rodeavam. Algo inusitado – alguma mudança que, a princípio, não pude perceber nitidamente – obviamente havia ocorrido no recinto. Durante alguns minutos de uma abstração onírica e tremulante, me ocupei em vão com conjecturas sem importância. Durante esse período, fiquei consciente, pela primeira vez, da origem da luz sulfurosa que iluminava a cela. Ela procedia de uma fissura, de cerca de meia polegada de largura, se estendendo completamente em volta da prisão na base das paredes, que assim pareciam, e estavam, completamente separadas do piso. Me esforcei, claro que à toa, para enxergar através da abertura.

Assim que me ergui da vã tentativa, a tristeza na alteração do recinto me fez entender de uma vez. Eu observei que, embora as imagens nas paredes fossem suficientemente nítidas, as cores pareciam borradas e indefinidas. Essas cores haviam agora assumido, e ainda estavam assumindo, um assustador e intenso brilho, que conferia às figuras espectrais e demoníacas um aspecto capaz de apavorar nervos bem mais fortes que os meus. Olhos demoníacos, de uma vivacidade severa e sinistra, olhavam para mim de variadas direções, de onde nenhuma estivera visível antes, e brilhavam com um fantástico fulgor de fogo que minha imaginação não tomaria por fantasioso.

Fantasioso! Até enquanto eu respirava minhas narinas eram tomadas pelo vapor do ferro aquecido! Um odor sufocante invadiu a prisão! Uma incandescência mais profunda se estabelecia nos olhos que observavam minhas agonias! Um matiz mais rico de carmesim se dispersava sobre os horrores de sangue retratados. Ofeguei! Arfei! Não havia dúvida sobre o plano dos meus torturadores – ó, os mais implacáveis! Ó, os homens mais demoníacos! Fui me afastando do metal brilhoso para o centro da cela. Em meio à noção da destruição feroz que ameaçava, a ideia do frio do poço atingiu minha alma como um bálsamo. Corri para sua borda mortal. Forcei minha visão para enxergar lá embaixo. O brilho do teto aceso iluminava seus mais íntimos recessos. Ainda, por um momento alucinante, minha alma se recusou a entender o sentido do que eu via. Finalmente, lutou para encontrar um lugar dentro da minha alma e gravou sua presença sobre a minha tremulante razão.

Ó, inenarrável! Ó, horror dos horrores! Com um grito, me afastei correndo da borda, e afundei o rosto em minhas mãos – chorando amargamente.

O calor aumentou rapidamente e de novo olhei para cima, tremendo como que febril. Houvera uma segunda mudança na cela – e agora era obviamente na forma. Como antes, era em vão que eu tentava a princípio analisar e entender o que estava acontecendo. Mas não fiquei na dúvida por muito tempo. A vingança inquisitorial se apressou diante da minha dupla fuga, e não haveria nenhum outro flerte com o Rei dos Terrores. O recinto havia sido um quadrado. Vi que dois de seus ângulos de ferros eram agora agudos – consequentemente, os outros dois eram obtusos. A temível diferença rapidamente aumentou com um estrondo baixo e um som de gemido. Em um instante, o espaço havia se transformado em um losango. Mas a alteração não parou aí – eu não esperava nem desejava que parasse. Eu poderia ter apertado as paredes vermelhas contra meu peito como uma vestimenta de paz eterna.

— Morte – eu disse. Qualquer morte, exceto a do poço!

Tolo! Não sabia eu que dentro do poço se encontrava

o objeto do ferro queimando que me incitava? Eu resistiria a seu brilho? Ou, mesmo assim, poderia suportar sua pressão? E agora o losango ia ficando mais e mais estreito e achatado com uma rapidez que nem me deu tempo para contemplar. Seu centro e, claro, sua vasta largura tomaram conta do fosso escancarado. Me encolhi para trás – mas as paredes se fechando me empurravam sem resistência para a frente. Até que meu corpo, chamuscado e se contorcendo, não tinha mais o espaço de uma polegada para pisar no chão firme da prisão. Parei de lutar, mas a agonia da minha alma encontrou respiro em um alto, longo e derradeiro grito de desespero. Senti que eu cambaleava em direção à margem – desviei os olhos...

Houve um zumbido dissonante de vozes vozes humanas! Uma alta explosão como se fossem trompetes se fez ouvir! Um rangido agudo como mil trovões! As ferozes paredes recuaram! Um braço se esticou e agarrou o meu quando eu caía, desmaiando, no abismo. Era o General Lasalle[46]. O exército francês invadira Toledo. A Inquisição estava nas mãos de seus inimigos.

---

46 Antoine-Charles-Louis Lasalle (1775-1809), general francês que lutou nas guerras revolucionárias francesas e nas guerras napoleônicas.

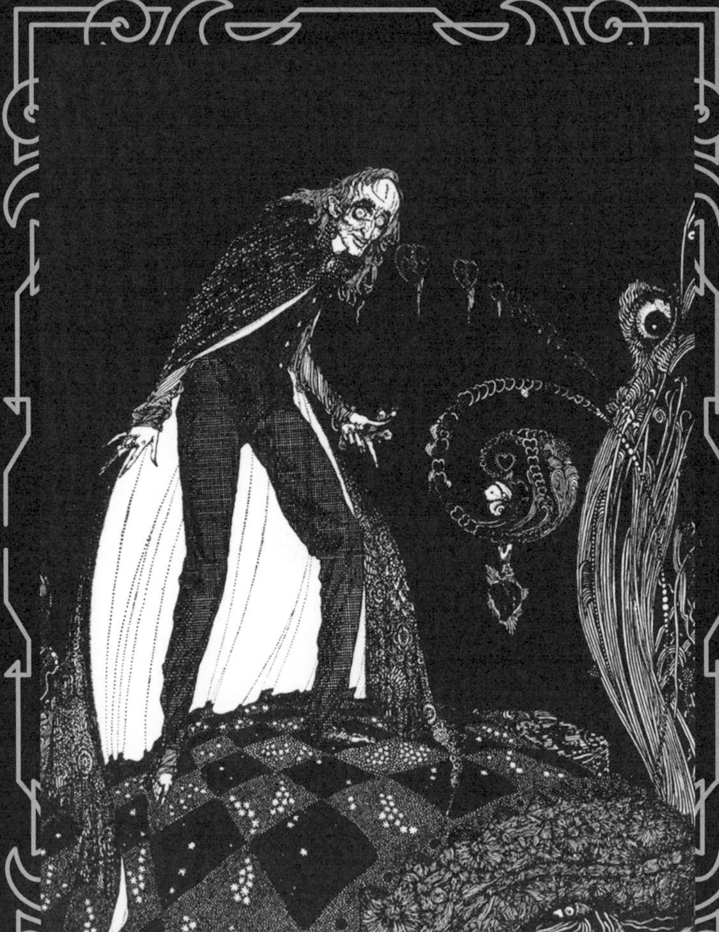

O CORAÇÃO DENUNCIADOR

Verdade! Nervoso, muito, muito terrivelmente nervoso estive e estou; mas por que diriam que eu estou louco? A doença aguçou meus sentidos – não os destruiu – não os entorpeceu. Acima de tudo, a audição estava muito apurada. Eu ouvia todas as coisas no céu e na terra. Muitas coisas no inferno também. Como, então, estaria louco? Preste atenção! E observe quão são, quão calmo eu posso contar a história toda.

É impossível dizer como a ideia primeiro me ocorreu; mas uma vez concebida, ela me assombrava dia e noite. Propósito não havia. Paixão também não. Eu adorava o velho. Ele nunca me ofendera. Nunca me fizera afronta. Eu não desejava seu ouro. Acho que era seu olho! Sim, era isso! Ele tinha o olho de um abutre – um olho azul pálido, coberto por uma película. A qualquer momento que ele me olhasse, me gelava o sangue. E, então, passo a passo, muito gradativamente, me decidi a tirar a vida do velho, e assim me livrar do olho para sempre.

Agora, esse é o ponto. Julga-me louco. Loucos não sabem de nada. Mas deveria ter me visto. Deveria ter visto como procedi sabiamente – com que cautela, com que premonição, com que dissimulação eu trabalhei! Nunca fui tão gentil com o velho quanto na semana anterior à que eu o matei. E toda noite, por volta da meia-noite, eu girava o trinco de sua porta e a abria – ah, tão delicadamente! E então, quando a abertura foi suficiente para passar minha cabeça, introduzi uma lanterna escura, toda fechada, fechada para que nenhuma luz escapasse, e então coloquei minha cabeça. Ó, você teria rido ao ver quão habilidosamente eu introduzi minha cabeça! Movi-a vagarosamente, muito, muito vagarosamente para que não perturbasse o sono do velho.

Levou uma hora para que eu posicionasse minha cabeça toda para dentro da abertura a ponto de poder vê-lo deitado em sua cama. Rá! Um louco teria sido tão esperto assim? E, assim, quando minha cabeça estava bem dentro do quarto, fechei a lanterna cuidadosamente – ó, tão cuidadosamente que as dobradiças chiaram –, fechei-a de forma a deixar um fino raio de luz sobre o olho de abutre. E assim procedi por sete longas noites – toda noite à meia-noite –, mas eu sempre encontrava o olho fechado; e então, era impossível realizar o trabalho, pois não era o velho que me atormentava, mas seu maldito olho. E cada manhã, quando o dia clareava, eu ousadamente entrava no quarto e corajosamente conversava com ele, chamando pelo nome em um tom amável, perguntando como ele havia passado a noite. Ele teria sido um velho muito perspicaz, de fato, para suspeitar de que toda noite, bem às doze, eu o observava enquanto ele dormia.

Na oitava noite, eu fui mais do que normalmente cuidadoso ao abrir a porta. Um ponteiro de minuto de um relógio se moveria mais rápido que eu. Nunca antes daquela noite, houvera eu sentido a extensão dos meus poderes – da minha sagacidade. Mal podia conter meu sentimento de triunfo. Pensar que lá estava eu, abrindo a porta, pouco a pouco, e ele nem sequer sonhava sobre meus feitos e pensamentos secretos. Eu até ri com essa ideia, e talvez ele tenha me ouvido, pois se moveu na cama de repente, como se assustado. Aqui você poderia pensar que eu recuei, mas não. Seu quarto estava tão escuro quanto o piche, com uma negrura espessa (pois as venezianas estavam muito bem fechadas, por medo de ladrões), então eu sabia que ele não conseguia enxergar a abertura da porta, e eu continuei empurrando firme, firme.

Eu já tinha colocado a cabeça dentro do quarto e estava para abrir a lanterna, quando meu dedão escorregou sobre o fecho de metal, e o velho se levantou da cama de chofre, gritando:

— Quem está aí?

Fiquei quieto e nada disse. Por uma hora inteira eu não mexi um músculo, e nesse meio-tempo eu não o escutei se deitar novamente. Ele ainda estava sentado na cama ouvindo. Igual eu havia feito, noite após noite, ouvindo os relógios da morte na parede.

Nessa hora, ouvi um leve gemido, e eu sabia que era o gemido do terror mortal. Não era um gemido de dor ou de tristeza – ó, não! –, era aquele som baixo, sufocado que vem do fundo da alma quando sobrecarregada de temor. Eu conhecia bem esse som. Muitas noites, bem à meia-noite, quando todo o mundo dormia, ele emanava do meu próprio peito, aumentando, com seu temível eco, os terrores que me distraíam. Eu disse que conhecia bem. Eu conhecia o que o velho sentia, e tinha pena dele, embora risse por dentro. Eu sabia que ele estava deitado acordado desde o primeiro leve ruído, quando ele havia virado na cama. Desde então, seus medos estavam aumentando. Ele tentava imaginá-los infundados, mas não conseguia. Ele dizia a si mesmo:

— Não é nada, só o vento na chaminé. É só um rato andando no chão. É só um grilo cantando.

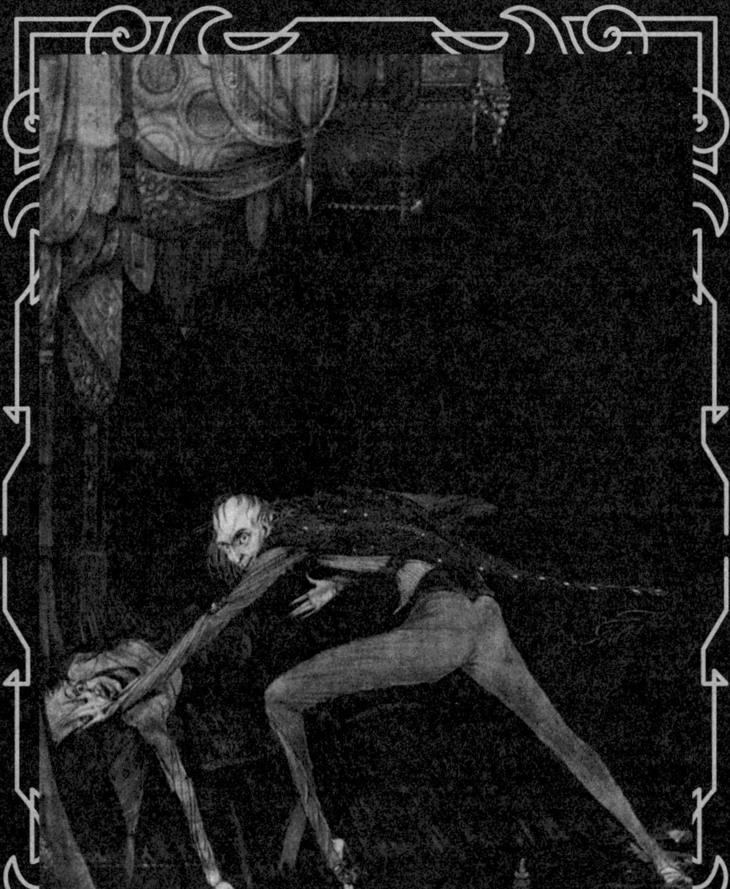

Sim, ele tentava se confortar com essas suposições, mas todas foram em vão. Todas em vão, porque a morte, ao se aproximar dele, o perseguiu com sua sombra negra diante dele e envolveu a vítima. E foi a influência lúgubre da sombra imperceptível que o levou a sentir – embora não tenha visto nem ouvido – a presença da minha cabeça dentro do quarto.

Quando eu já havia esperado muito tempo, muito pacientemente, sem escutá-lo deitar-se, resolvi abrir uma pequena, muito, muito pequena fenda na lanterna. Então, abri – você não pode imaginar quão furtivamente – até que, finalmente, um simples raio fosco, como uma teia de aranha, brilhou da fenda e recaiu exatamente sobre o olho de abutre.

Estava aberto – escancarado – e fiquei furioso ao vê-lo. O vi com perfeita nitidez – um azul opaco, com um véu hediondo sobre ele, que me gelava até a medula. Mas eu não conseguia ver nada mais do rosto ou corpo do velho, pois havia direcionado o raio, como que por instinto, precisamente sobre o maldito ponto. Eu não te disse que o que toma por loucura não passa de acuidade exagerada dos sentidos? Agora, eu digo, chegou aos meus ouvidos um som baixo, monótono e rápido, como um relógio se embrulhado em algodão. Também conhecia bem aquele som. Era o coração do velho batendo. Isso aumentava minha fúria, assim como a batida de um tambor enche um soldado de coragem.

Mas, ainda assim, me segurei e me mantive imóvel. Mal respirava. Segurei a lanterna parada. Tentei o máximo que pude manter o raio de luz sobre o olho. Enquanto o infernal tamborilar do coração aumentava. Ficou mais e mais rápido, e mais e mais alto a cada instante. O terror do velho deve ter sido extremo! Ficou mais alto, com certeza, mais alto a cada momento! Fui claro quando disse que estava nervoso? Pois bem: estou. E, agora, tarde da noite, em meio ao silêncio mortal da velha casa, um barulho tão estranho me levou ao ponto de incontrolável terror. Ainda por alguns longos minutos, me mantive inerte. Mas as batidas ficaram mais e mais altas! Pensei que o coração fosse explodir. E agora uma nova ansiedade tomou conta de mim – o som poderia ser ouvido por um vizinho! A hora do velho havia chegado!

Com um grito alto, abri toda a lanterna e pulei no quarto. Ele gritou uma vez, apenas uma. Num instante, o arrastei para o chão e derrubei a pesada cama sobre ele. Então, sorri alegremente, por ter cumprido a tarefa até aqui. Mas, por muito minutos, o coração batia com um som abafado. Isso, no entanto, não me irritou; não seria ouvido através das paredes. Finalmente, parou. O velho estava morto. Retirei a cama e analisei o cadáver. Estava morto, mortinho. Pus minha mão sobre o coração e lá a deixei por alguns minutos. Não havia pulsação. Estava morto, com certeza. Seus olhos nunca mais me perturbariam.

Se ainda me considera louco, deixará de considerar quando eu descrever as sábias precauções que tomei para ocultar o corpo. A noite avançava e eu trabalhei com pressa, mas em silêncio. Primeiramente, desmembrei o cadáver. Cortei a cabeça, os braços e as pernas. Depois peguei três tábuas do chão do quarto e coloquei tudo entre os caibros. Então, recoloquei as tábuas tão habilmente, tão ardilosamente, que nenhum olho humano – nem o dele – detectaria qualquer coisa errada. Não havia nada para ser lavado – nenhuma mancha de nenhum tipo, nenhuma gota de sangue em lugar nenhum. Fui muito precavido com isso. A banheira pegara tudo – rá, rá!

Quando terminei essas tarefas, eram quatro horas – ainda escuro como se fosse meia-noite. Quando o sino soou a hora, houve uma batida na porta da rua. Desci para abri-la tranquilamente, pois o que havia para temer? Três homens entraram e se apresentaram, com perfeita gentileza, como policiais. Um grito havia sido ouvido por um vizinho durante a noite; suspeita de crime foi levantada; informação chegou à polícia e eles foram designados a averiguar o local.

Sorri, pois o que tinha a temer? Saudei os cavalheiros. O grito, eu disse, foi meu durante um sonho. O velho, mencionei, tinha ido para o campo. Levei os visitantes por toda a casa. Os mandei procurar, procurar bem. Os conduzi, finalmente, ao seu quarto. Mostrei seus objetos de valor, seguros, intocados. No entusiasmo da minha autoconfiança. Trouxe cadeiras para o quarto e sugeri que descansassem, enquanto eu, na audácia do meu triunfo perfeito, me sentei sobre o exato local sob o qual eu havia depositado o corpo da vítima.

Os policiais estavam satisfeitos. Meu comportamento os convencera. Eu estava particularmente à vontade. Eles se sentaram e, enquanto eu respondia a suas questões alegremente, eles conversavam informalmente. Mas, aos poucos, fui ficando pálido e desejei que eles se fossem. Minha cabeça doía e comecei a sentir um zumbido em meus ouvidos. Mas eles ainda conversavam sentados. O zumbido ficou mais nítido – continuou e ficou mais nítido: eu fui falando mais abertamente para me livrar daquela sensação, mas ele persistiu e ganhou mais clareza, até que, finalmente, percebi que o barulho não estava em meus ouvidos.

Sem dúvida, eu ficava mais pálido, mas fui conversando mais eloquentemente e com a voz elevada. E o som só aumentava – o que eu poderia fazer? Era um som baixo, monótono e rápido – muito parecido com o som de um relógio envolvido em algodão. Arfei – mas os policiais não ouviram. Me levantei e falei sobre trivialidades, num tom alto e com gestos bruscos, mas o barulho aumentava continuamente. Por que eles não iam embora? Andei por todo o quarto com passadas pesadas, como se ansioso para me indignar com as observações dos homens, mas o ruído só aumentava. Ó, Deus! O que eu poderia fazer? Eu espumei, delirei, praguejei! Balancei a cadeira na qual eu estivera sentado e a fiz ranger em contato com o chão, mas o barulho crescia continuamente por todo o recinto. Mais e mais alto! E ainda os policiais conversavam agradavelmente e sorriam. Seria possível que eles não tivessem ouvido? Deus do céu! Não, não! Eles ouviram! Eles suspeitaram! Eles sabiam! Estavam zombando do meu terror! Foi o que pensei e ainda penso. Mas qualquer coisa era melhor do que essa agonia! Qualquer coisa seria mais tolerável do que essa troça! Eu não conseguia mais suportar aqueles sorrisos hipócritas! Senti que devia gritar ou morreria! E agora, de novo! Mais alto! Mais alto! Mais alto! Mais alto!

— Canalhas! – gritei. Parem de representar! Eu admito o crime! Arranquem as tábuas! Aqui, aqui! É a batida de seu monstruoso coração!

Impressão e Acabamento
Gráfica Oceano